U0022416

遊與藝

——東西南北總天涯

童元方 著

【自序】東西南北總天涯

童元方

最近五年來的散文都收在這個集子裡了。大致分成「遊」與「藝」，是翻用了孔子的「游於藝」。兩類之間的時與空可以自由跨越，互相補足。「遊」與「藝」之外，是我一直想說，而似乎不易說清的心裡話。

從前放情江海，心在遠遊。只要有機會，隨時出門。若不在香港，待得最長的地方，不是臺北，就是波士頓。而這三處，皆非異地，均是故鄉。一出機場，即成歸人。

每天散步，或在滿目琳瑯的忠孝東路，或在綠竹猗猗的中大校園；或在光影錯落的咖啡小店，或在柳絲搖曳的查理斯河邊。所謂「遊」，是探訪舊街坊，認識新鄰居。是總統選舉日在闃無人聲的地下街鋪子裡與店員一起在電腦上看開票，是在清冷的早春尋覓花開的消息：水仙、風信子與番紅花。

散步身旁一定有個伴，是陳先生。看戲、看電影、看小說，傾訴的對象也是陳先生。所謂「藝」，是捕捉這樣的時刻，在流轉的風光中留住蝴蝶的蹁躚。然而時間不理我搏命的呼喊，依然生猛地向前飛奔而去。陳先生病後，身困在輪椅中，已不太可能出遠門，我不時想起近人劉景堂〈踏莎行〉裡的一句詞：

東西南北總天涯

對我們來說，所有的舊遊之地頓成天涯，很難再一起舊夢重溫了。陳先生的心仍舊隨意遨遊，但逐漸沉默了，比起從前更愛催促我說話給他聽。於是我繼續說，卻從與他對話漸變成自問自答與自說自話了。

二〇一一年一月十八日於香港容氣軒

遊與藝 東西南北總天涯／目次

藝

遊與藝之外——我看陳之藩

夢憶京牆

我第一次去北京，是十多年前了。那次只做了一件事，就是在琉璃廠買了四十公斤的書，當下付郵，寄回波士頓。其中有鄧之誠編的《清詩紀事初編》，真是如獲至寶。那是為研究吳梅村的詩而購置的。

我這次去北京，是應邀做兩次演講。沒想倒交了不少朋友，又認識了婆婆家的小姑與我娘家的親戚。有些是預先說好了的，有些是在報上看到消息而來相認的。但不論是何方朋友或親戚，彼此的共識並不多，而最後的話題總是北京城牆與城樓的故事，竟無一例外。

如果說，近千年的北京城的中心是一位皇帝，那麼包圍著皇帝的第一圈城牆是四四方方的紫禁城，第二圈則是周匝四十公里凸字形的皇城。幾年後我第二次去京時才注意這城發展出更大的圈，早已超出明清皇城的規模，且以公路代之。這第三圈，叫三環。那時剛有四環，而今已說六環了。像一大湖投下了石子後，一圈一圈的漣漪向外開展出去。

我因為住在西直門外的動物園旁，東南方向就是北京老城，西北方向則是北大、清華等校所在的海淀區。可巧，新知舊雨幾乎都住在附近。所謂附近也相當遠了，北京越來越大，聽說現在的西直門外都算城裡了。

我最先見到的是一做出版的朋友，他說北京的中軸線起於永定門，而迄於鐘樓。他說及東和西如何相稱，又如何美觀。我靜靜聽著，卻只聽到一個結論：這皇城是大家所想念的皇城，已消失了五十年了。

其次見到的是我的小姑。她自豪全家只有自己生在北京城裡，其餘的兄姐都生在河北鄉下。我求她帶我去看看北京老家的舊容，及兄姐當年賣春聯的街道或哥哥所上的中學。她說：「那都在東城，也就是東直門內。」但說了幾天，她也並不帶我去看，而最後是求我說：「可不可以不去，我傷心！」我不知道她為何如此傷心，但如再苦苦相逼的話，就要演出姑嫂比劍了。我暗地裡猜，這也許與東城的城牆已不見了有些什麼關係？

有一位新知，最愛歷史，年紀雖輕，典故卻知道得不少。比如他爺爺如何在城門洞裡乘涼，老舍又如何在北城根兒挨打。他所說的城他也沒有見過，而他說起來如在昨日。

還有一位學物理的朋友，他說皇城最對稱。所謂中軸線就是對稱的中線，皇城如同一個巨人，腳朝南、頭朝北躺在那裡。這巨人的左右都是對稱的：東直門、西直門是兩隻手東西伸出去，左安門、右安門是兩隻腳伸出去；只是這個對稱的外形現在都沒有了。而什剎海、北海、中南海都是巨人體內的臟腑，不但不對稱，而且曲曲折折地斜走體內，使這個城有了心，有了肺，把這巨人變活了。大家從各方面想念這個巨人的外形。人而無外形，只有五臟攤在那裡，還能說是一個人嗎？

我對每一位都說，我真不知道北京是怎麼回事。詩人兼建築史家林徽因五十年前曾經哀求過，為什麼這樣美的城牆要拆掉呢？拆了就沒有了！保護舊的是為新建築保存優良的傳統。另一位詩人兼紅學家俞平伯也在五十年前央訴過，有史以來的都城現在只剩下這麼一個了，更值得我們格外的愛惜和珍重。假如毀壞了，是往而不返，無從彌補的損失。當然詩人這些話沒有絲毫作用，城牆拆了，城樓毀了，林徽因很快就逝世了，俞平伯很快就遭清算了。也許有人以為全城要現代化，有人以為現代化意味著全城都是機會。說什麼、怎麼說都好，總之，沒有城牆的北京，不能說是當年有城牆的北京了。

我對每一位新朋友背一首徐志摩的詩，可是也背不全：

我慚愧我來自古文明的鄉國，
我慚愧我脈管中有古先民的遺血，
我慚愧揚子江的流波如今溷濁，
我慚愧——我面對著富士山的清越！

古唐時的壯健常縈我的夢想：
那時洛邑的月色，那時長安的陽光；
那時蜀道的啼猿，那時巫峽的濤響；
更有那哀怨的琵琶，在深夜的潯陽！

……

我不敢不祈禱古家邦的重光，但同時我願望——

……

這是徐志摩有一年到了日本，臨走時所寫留別的詩。我為什麼到北京一週，卻總是想起志摩這首〈留別日本〉呢？我既只背得半首，一時也找不到詩集重溫，於是就把司機送給我的地圖、朋友送給我的有關北京的小書拿來仔細地與他們同看。

有一張老地圖，是半世紀前所繪，看起來從我住的西直門外大街附近，順時針方向是穿過西直門、德勝門、安定門、東直門、朝陽門、崇文門、正陽門、宣武門、阜城門九個城樓的城牆所圍成的內城。再由穿過東便門、廣渠門、左安門、永定門、右安門、廣寧門回到西便門的城牆，如此形成了外城。

這個皇城是北京的基本定義罷。而這些城門樓子都已拆了，城牆都已變成馬路了。事實上，這個皇城的軌跡就是現在北京的一環，這一環的城牆是沒有必要拆除的。我於是向他們說，我所以想起徐志摩那首「慚愧」連篇的詩，只是想起日本怎麼保護固有的文物。京都的不必說了，奈良的也不必說了。最動人的是伊勢神宮每二十年必遷宮重建一次，以重建來保存木結構的完整。這當然是極端的特例，是保護到極致，不至於將來後悔。我想起志摩那首小詩的結尾，他的願望是什麼呢？是：

願東方的朝霞永保扶桑的優美，優美的扶桑！

扶桑的優美始於保護木造的房屋，這是多麼艱苦的經營。元大都以降、明清加建的磚牆，有什麼不可以加以保存，反而橫施外力、予以全面摧毀呢？

北京的基礎原是唐代的幽州，范陽節度使的駐地，安史之亂自此而始，當時已是最重要的邊城。由唐歷經五代、遼、金、元以至明、清，北京改建了四次，隨著政治、軍事、經濟的變化而有所興廢。用林徽因的話說，是城牆的存在並不能阻礙城區某部分的發展，也不能防止某部分的衰落。

當年拆掉北京的皇城，全錯了。新生代根本就沒有見過這城牆，但顯然也在痛惜四十公里的立體環城公園，該是多麼壯麗的景色。——林徽因絕望的夢成了大家痛苦的夢。

二〇〇六年二月於香港容氣軒

哈佛校長的叮嚀

突然聽到哈佛大學校長薩瑪斯 (Lawrence Summers) 辭職的消息，我的哈佛記憶如潮水似的，一波一波地湧來，竟至於夜不成眠。離開哈佛已有十年了，從來沒有這種杞人憂天的經驗。校長更替，校友關心固理所當然，可是這次卻是因為文理學院的院長寇比 (William Kirby) 今年一月辭職了，才引出、或者迫使薩瑪斯校長辭職。校長先辭了職，在此過渡期中由人暫代，再覓聘新校長。這究竟是怎麼一回事？

過渡時期的暫代校長是一個我太熟悉的名字——巴克 (Derek Bok)。那是二十年前我進入哈佛當研究生時的校長了。為什麼又請他回來呢？我還記得在為新生所舉辦的「校園介紹」中，巴克校長對我們文理學院研究生的談話，是那麼清清楚楚地迴盪在心頭。他說：

除了大學本科哈佛學院 (Harvard College) 以外，哈佛有十個學院：神學院、醫學院、法學院、商學院、教育學院、政府學院等等，全是職業學院。只有文理學院 (Graduate School of Arts and Sciences) 是培養學者的。所以我有一些話要特別對你們文理學院的研究生說一說。

做學者是很寂寞的，好像整天就是在看書。你們在古典的大樓中，來來往往。看到緊閉的研究室的門上掛著的名字都是明星。你們自慚形穢，深怕自己幼稚，連門也不敢敲。你感到茫然，簡直是給嚇壞了。我告訴你，你想敲誰的門，就去敲。這些大名鼎鼎的人物比你還內向，比你還害羞。你有問題儘管去問，他們是非常、非常樂意回答的。

我在正式入學的前一年，就在哈佛燕京圖書館做工，非常快樂。我的周圍全是方塊字的書，樓上、樓下，六合之內都是；有什麼問題還有個活字典，就是那善本書室的戴先生。哈佛大學中大大小小的典故我都問他。在聽完校長的一席話後，實在與我所想像的哈佛不太一樣，於是又去請教戴先生：「巴克是怎麼樣的人呢？」

戴先生說了巴克是怎麼當的校長，前任的皮由茲校長 (Nathan Pusey) 不明白梭羅傳統下公民抗爭的意義，竟在學生佔據大學館時叫來了警察拘捕學生，事情於是鬧大了。皮由茲校長也就黯然而去，乃有巴克校長的到來。

巴克離開哈佛時，我仍在學，那時校園中對巴克的評語是：他是傑出的行政人才，但並非教育家。既然說他非教育家，為何又在今天出了盤根錯節的難題時徵召他來？我想起了當年巴克對我們所說的話，真是誠懇得如爸爸的囑咐，溫柔得如媽媽的叮嚀。不是教育家就不是教育家罷！

二〇〇六年三月於香港容氣軒

布魯克蘭的書匠鋪

如果波士頓算是個大城，那麼大城中還有許多小城，其中一個是布魯克蘭(Brookline)。因為這小城曾經出過一位美國總統甘迺迪，所以至今仍有人來遊歷：他兒時的住處，他望彌撒的教堂，他上過的學校。

布魯克蘭的中心，叫作柯立治街角，是個十字。橫斷的路叫作哈佛街，縱切的叫作號誌街。哈佛街很長，其盡頭不在布魯克蘭，而是在劍橋的哈佛廣場，有公共汽車往來；號誌街上是綠線電車，其實是地鐵剛從地下冒出來而成了街車。

十字街口的哈佛路上有兩家書店及一所電影院，還有麥當勞、星巴克什麼的幾個小飯館、小咖啡館，幾幢辦公樓。這個麥當勞與眾不同，牆上掛著一張甘迺迪坐在沙發上的大照片，你可以坐在他對面，一邊看著他，一邊吃著薯條。電影院也很特別，是獨立經營的，不屬於任何院線，所演多半是小眾愛看的藝術片，兩家書店大的是有名的連鎖店，幾年前才開設的；小的可能也是連鎖，不過在此好久了，其名為「布魯克蘭的書匠鋪」(Brookline Booksmith)。

不論是在哈佛上學時，還是畢業後，我只要一到柯立治街角，一定到這書匠鋪來尋書，今年也是如此。去早了，書店還未開門，我就站在店門前看櫥窗。

左邊的櫥窗上貼著指示的箭頭——賀卡與禮物。有些別致的禮品，比如大似棍棒的原子筆、小如豆粒的石英錶等，大概是送給畢業生的新款禮物。右邊櫥窗上則貼著「請再繼續努力」的標語，這是主題了。下面陳列了二十多本書，不論古今，都是經典之作。這些書有一共同點：作者如不是根本沒有上過學，就是小學、中學或大學的中輟生。但他們都以立言成就了大功。這豈不是說畢業固可喜可賀，沒畢業也非世界末日，總還有其他的路可走，看看這些書：莎士比亞的《哈姆雷特》、梅爾維爾的《白鯨記》、康拉德的《黑暗之心》、費滋傑羅的《大亨小傳》、傑克倫敦的《野性的呼喚》……！多少年來影響世人，既鉅且烈，而作者卻是在不同的求學階段，半途退下陣來。有從未進過學校的，如寫《東方快車謀殺案》的克莉斯蒂 (Agatha Christie)；有小學未上完的，如寫《湯姆歷險記》的馬克吐溫。中學即退學的，有寫《嘉莉妹妹》的德萊塞；更有大學未畢業的，如愛倫坡之於維吉尼亞大學，福克納之於密西西比大學，史坦貝克之於史丹佛大學。

史坦貝克是一九六二年諾貝爾文學獎得主，與史丹佛的關係尤其特別。他在大學六年，學習寫作技巧，而並沒有畢業，那是根本不拿大學畢業當一回事了。

我看過《憤怒的葡萄》與《人鼠之間》，並不喜歡他。而櫥窗中的這一本《旅俄記》(*A Russian Journal*)，不要說未曾看過，我甚至未曾聽說過。

《旅俄記》不是小說，而是紀實的散文之作，是一九四七年七月至九月間史坦貝克與卡帕 (Robert Capa) 赴俄旅行四十天的實地觀察紀錄，是史氏的文字與卡氏的攝影的完美結合。卡帕是二戰中美國有名的戰地攝影記者。赴俄的動機，就大環境而言，始於前一年邱吉爾宣布了東歐鐵幕已拉上而冷戰開始。二戰中美國盟友的蘇聯忽然變成了敵人，令人困惑與不解。就小環境而言，史坦貝克與卡帕正面對自己工作上的空檔，兩人在酒吧裡相遇，說起當前之新聞不像新聞，只是把報館的電報拿來重新排列組合，就名之曰新聞了。沒有人寫俄國人，沒有人知道他們真實的生活，以及他們的所思所感。史坦貝克與卡帕一說即合，就在《紐約先鋒論壇報》的贊助下去了俄國。《旅俄記》是一部旅行日誌，但以新聞寫作為目的，這在當時是開風氣之先的。

據實記錄史達林治下的蘇聯，史坦貝克與卡帕的方法就是只以眼見為憑，以純粹攝影式的報導與照片來描摹所目睹的世界。而照片也就成了是次旅行的隱喻，因為你所能拍下的，正是史達林允許你所能見到的。這一點兩人出發前都很明白。還是用卡帕的話來說最貼切：

> 我們決定作老派的唐吉訶德與桑丘，一起去追尋——在鐵幕的後面騎著馬，用我們的矛與筆，來對抗現代的風車。

站在布魯克蘭書匠鋪裡，我迫不及待看起書來。隨手一翻是這樣一段：

> 在史達林石膏的眼睛、青銅的眼睛、繪畫的眼睛，或刺繡的眼睛的視野之外，

蘇聯向來無事。他的肖像不僅掛在每一座博物館中，而且是每一座博物館中的每一個房間裡。他的塑像與所有公共大樓接界。他的胸像出現在所有的機場、火車站、公共汽車站上，也出現在所有的教室裡，而肖像通常是在胸像的正背後。在公園裡他坐在石膏長椅上與列寧討論問題。而針線活上的史達林繡像是學校裡學生們的功課。店鋪中售賣幾百幾千萬他的臉孔，而每一戶人家最少有一張他的畫像。當然，畫史達林、鑄史達林、繡史達林、塑史達林、打造史達林，一定是蘇聯最大的工業。他事事均見，處處都在。

我忍不住要擊節讚賞。差一點當場大叫起來。真是寫得好！

有人說《旅俄記》是史坦貝克所寫書中很重要的一本，但沒有得到應得的重視。在這書以前，史氏注意的是集體，這之後他逐漸轉向個人。當時的蘇聯，集體意識涵蓋了個人的創意、思想與行動，他回美以後，用了五年的時間才創作出《伊甸園東》：小說的重點在個人的道德選擇，而不再是《憤怒的葡萄》中那樣，聚焦於共產主義對普通人的影響了。

一個作者早期的青年作品與晚期的成年作品不相同，並非不常見。這畢竟是個人的小事，但影響卻太大了。僅以海明威而論，他早年所寫西班牙內戰的小說，何其華麗；而他最後的短作《老人與海》又何其淡雅！這種變化與其說是文風的改易，不如說是思想的成熟。史坦貝克的《憤怒的葡萄》也是華麗萬分，而這小本的《旅俄記》可說是淡雅備至，使我這最不喜歡史坦貝克早期小說的讀者讀到這本報導文學時，真是如獲至寶。

如果不是《憤怒的葡萄》的大著，史達林治下的蘇聯怎麼會讓他們入境採訪？而卡帕所拍的四千張照片自然不會讓他們帶了出來。雖然底片在中途被蘇聯官方扣下了一些，安全出境後，他們發現拍到蘇聯地形的不見了，拍到史達林格勒瘋女孩的不見了，拍到囚犯的全不見了。但農莊的、俄國人臉孔的全在，所幸那才是他們兩人旅俄的目的。

這小書的封面是一俄國農婦，可想而知是卡帕拍下的。她抱著與她差不多高的麥穗。史坦貝克在書裡提到黑麥成熟的季節，男人在前用鐮刀割，女人在後用草繩綑，而小孩從一枝枝麥穗上搜集穀實，一粒也不糟蹋。千年來俄人都是這樣工作，因為還沒有新的機械可用。「農業集體機械化」云乎哉？

書內的照片中有一張是列寧與史達林坐在公園的長椅上。列寧好似閒閒地向後靠著，而史達林則身向前傾，指手畫腳地不知在向列寧說些什麼。這麼小的照片，竟能看出列寧與史達林的神氣來。如果不是史坦貝克說，我永遠不會猜到他們只是雕像而已，連長椅子也是。

我買了史坦貝克的《旅俄記》，走出書鋪，走在哈佛街的陽光裡，走上回家的路。

二〇〇六年七月於香港容氣軒

古城的鼓樓下

七月裡我在北京有兩場演講，一場在西城，一場在東城。橫貫東西幾次，差不多都是走的高速公路。四年前上京，好像還只有四環，這一次居然已有六環了。公路上不種槐，也不種榆，種的全是白楊。望過去，滿是塵，總覺得怪怪的。遠遠看到雍和宮的屋頂，也因為路面太高，無端挫了寺院宮殿的氣勢。

有一次打算往隆福寺的方向去，司機走錯了，在高速路上，拐向不知什麼大街，旁邊正拆胡同呢，到處堆的破磚爛石。我說：「這怎麼辦呢？」同行的北京朋友說：「如果你想找老北京，根本不用找，因為已經沒有了。當年梁思成與林徽因要求保留城牆與城門樓子，當局沒有聽。那一刻已經預見了今日的結果。城裡不許蓋房，人越來越多時把四合院住成了大雜院。拆不拆，四合院都已不是四合院，胡同不是胡同了。」

我知道媽媽在北平輔仁女附中念書時，週末總要到住在安兒胡同的二舅家裡吃頓餃子。媽媽後來嫁給了沙灘兒紅樓出身的表哥，也就是我的爸爸，她的二舅也成了我的爺爺。媽媽說：「不可以一字字念成安兒胡同，要讀『二』胡同。」

爸爸說的故事不一樣，他不說胡同的，他說城門的：

有一個人問：「『示』上加一個寶蓋兒是什麼字？」

「是『宗』啊！」另一人答。

「那『宗』上加一個『山』字，您認不認識啊？」

「這誰不知道，這個字是哈德門的『哈』啊！」

這個笑話沒在北平待過的一定不明白，現在住北京的也不一定能明白。原來正陽門東邊那個門正式的名字是崇文門，可大家都叫它哈德門。不識字的天天從哈德門過，看慣了城樓上「崇文門」三個字，因此以「崇」為「哈」了。

我的朋友愛建築，但他所能做的只是以二度空間的圖片，來代替三度空間的實物。

出版林徽因講建築的文章，是回應她當年文物保護的觀點：先想辦法去「保」而不是先考慮去「拆」。北京的城牆拆光了，生在臺灣的我未曾目睹，但拆時有好多好多人跑到牆根兒底下哭。車子駛過「皇城根遺址」的標記時，我怎麼竟也看到已拆的城牆，與在城牆上已乾的眼淚！

車子跑著，那是地安門大街罷。後面是景山，前面是鼓樓、鐘樓，我們漸漸沒入昏黃的暮色裡。朋友似乎在安慰我說：「鼓樓、鐘樓倒還是老的，附近的胡同也不會再拆了。而北京城中軸線起點的永定門，已經從各處搜羅來原磚，由二〇〇四年起，開工蓋起來了。」

他在北京工作，這些話是用來安慰我這外來的人呢？還是安慰自己呢？在這古城的鼓樓下，我糊塗得像這眼前的昏黃。

二〇〇六年八月於香港容氣軒

在懷古的金陵

好像還在惆悵北京沒有城牆，就因開會又去了南京。新認識的朋友說：「我帶你去臺城，你一定會喜歡！」

啊！臺城？我立時想起了韋莊的〈金陵圖〉：

江雨霏霏江草齊，六朝如夢鳥空啼。
無情最是臺城柳，依舊煙籠十里堤。

臺城就是建康宮，是東晉皇帝在孫吳建業禁城的基礎上改建的。晚唐的臺城在韋莊眼中，只餘堤邊的垂柳。六朝的樓閣宮殿早已傾頹，可能連憑弔的遺跡也無由尋覓。如今怎麼帶我呢？竟然去了。

仍叫臺城，只是一堵牆。在牆頭上走，從這一頭到那一頭，又從那一頭到這一頭，凹下的垛口給這段牆垣畫出了曲折的線條。看得見牆那邊的一片水，水濱的一排柳，以及遠處幾幢隱隱的樓。向東望，應該是鍾山；向西不必望了，緊挨著雞鳴寺層層疊疊的青瓦。當然會想起文天祥的詩：

怪底秦淮一水長，幾多客淚灑斜陽！
江流本是限南北，地氣何曾減帝王？
臺沼漸荒基歷落，鶯花猶在意淒涼。
青天畢竟有情否？舊月東來失女牆。

詩記得清楚，文天祥距今多少年倒要算一算了。但他到了金陵後就不可能不想起劉禹錫來，大概無論誰到了金陵都會想起劉禹錫，因為劉寫的〈石頭城〉已經與金陵分不開，一定會浮現於腦際：

山圍故國周遭在，潮打空城寂寞回。

淮水東邊舊時月，夜深還過女牆來。

而文天祥被俘北行赴燕京的影子又飄過來。他到了金陵，國早已破，而家也亡；淒涼的是廢墟，蒼白的是月色，找不到劉詩句中的女牆。我眼前的這片水，不是秦淮河，而是玄武湖；就連玄武湖在王安石廢湖築田而又再疏濬後，也不是原來的玄武湖。我所見的這堵牆當然也不可能是六朝的。女牆失了又失，我們來此尋覓什麼呢？

劉禹錫根本沒有到過金陵，但他所寫〈西塞山懷古〉名詩，第二句就直指金陵：

王濬樓船下益州，金陵王氣黯然收。

千尋鐵鎖沉江底，一片降幡出石頭。

真是千古絕唱。他又說自己「少為江南客，而未遊秣陵，嘗有遺憾」。因此望之、思之、憶之而寫了〈金陵五題〉，為金陵定下了懷古的基調。白居易認為：「後之詩人不復措辭矣！」但後之詩人一再措辭，一再懷古；一再詠寂寞，一再歎興亡。我也想歎，但只會哭，不會作慷慨的詩。

我在牆頭上彳亍而行，除了流連不捨外，不能做什麼。石隙裡露出的小花小草，迎著秋陽，只能無語。這時我注意到許多城磚是紀年磚、記名磚，尺寸不相同，而上面燒的磚文，清楚透露出的信息，都是洪武。啊！這原是明代的廢城，是朱元璋的傑作。

朱元璋建立大明王朝，把金陵命名為南京，第一件事就是造城，自是為萬年計了。但他不知道的是成祖在位十八年後遷都，直到二百多年後李自成破了北京城，吳三桂開了山海關，明廷殘部再回南京，國是亡了兩次。我於是想起南明的許多讀書人，尤其是吳梅村來。

吳梅村第一個正式的工作，是在南京國子監任祭酒，但不久即辭官歸里。順治入關後十年召他出山，他不敢不應召，到南京時寫下了這首詩：

形勝當年百戰收，子孫容易失神州。

金川事去家還在，〈玉樹〉歌殘恨未休。
徐鄧功勳誰甲第？方黃骸骨總荒丘。
可憐一片秦淮月，曾照降幡出石頭。

梅村這詩又回到了劉禹錫。金川一事回顧燕王入主，改變了國運，但國家仍在。〈玉樹〉歌殘說的是國祚已盡，國家滅亡。弘光帝是另外一個陳後主，南明則是另外一個南朝。與前舉各詩不同的是梅村一口氣提到了四個人：徐、鄧、方、黃。徐是徐達，鄧是鄧愈，為朱元璋樹立了開國的規模。方是方孝孺，黃是黃子澄，都為堅守自己的原則而赴死。詩中結尾的月光幾百年來看盡了朝代的盛衰興亡，而梅村著重的不再是六朝，而是專說明朝。懷古令劉禹錫痛苦，但創作了詩篇給他帶來快樂。可是對吳梅村來說，詩的創作抒發了更深的痛苦而已。

東吳的、東晉的、宋齊梁陳的、南唐的、宋元的金陵只存在於「金陵懷古」這一詩題的傳統裡。我在哈佛後來的幾年，實在是浸在古人的歌聲與自己的淚水中，連試一下吳梅村的窩囊詩也不可得。那時的時間是梅村之後多少年，那時的空間是哈佛之路多少里，不只是身的飄零與漂泊，更是心的無著與無依。最後，只剩詩人的一些句子，想忘卻忘不了。

今日在金陵，在臺城，在不知祖宗遺產為何物的二十一世紀裡，同去的朋友問：「你怎麼啦，是流淚？」

我說：「沒有什麼，是風吹的！」

二〇〇六年九月於香港容氣軒

東南第一山

七月底才從北京回來，十月又到南京去。但一想到固守殘壘的《學衡》派曾與當時叱吒風雲的《新青年》派相對抗，就衝著這一點我也要到南京去看看。

這個學術研討會的命名是「兩岸三地人文社會科學論壇」，會徽是個鼎，鼎足的三地自然是三家中大：大陸今日的南京大學即原來的中大、在臺灣復校的中央大學以及香港中文大學。主題則是「中國文學與文化的傳統及變革」。思索三家都帶中字的大學歷史背景，沒有比這更切題的了。至於我的講題，是陳述「兩個傳統——文言與白話」。

南京，我是第一次來，沒有什麼人是認識的。沒想到一位教授自願講評，更有仰慕吾師余大綱，思念張清徽的。感動之餘，使我憶起王勃的名句：

海內存知己，天涯若比鄰。

學術研討之外，還有出遊，坐車過長江到蘇北的盱眙。這兩個字，許多人既不認識，也不會念。原來張目為盱，舉目為眙，此處正可登高而望遠。話說北宋時米芾從汴京經汴水南下就任，一路平川，道經盱眙，但見南山獨秀，乃作詩一首：

京洛風塵千里還，船頭出汴翠屏間。
莫論橫霍撞星斗，且是東南第一山。

詩作雖然平平，但南山卻因米芾所題的「第一山」而聞名，也就隨之改稱「第一山」了。

我最先知道米芾，不是因為他的詩，甚至不是他的字，而是他的畫。無論是山，是水，是樹，是石，不是在雲中，就是在霧裡，永遠煙雨濛濛。後來才知道他的字。而這第一山的摩崖石刻不只保存了米芾的字，更留下了北宋其餘三家蘇、黃、蔡的書法。

最稀奇的當然是蔡京的，因為後人痛恨蔡京誤國，連他的字也不願保留，能毀的都毀了。我站在石刻前凝視這些字，真的是寫得好，但就是看著不舒服。想起以前讀《燕子箋》也有這感覺。《燕子箋》傳奇也寫得好，但我也因痛恨阮大鋮而無法欣賞。

另有一石頭，立在山徑的轉角處，上刻：「爾俸爾祿，民脂民膏，下民易虐，上天難欺。」這本是宋太祖從孟昶文章中截取出來的十六個字，名曰：〈戒石銘〉，但不知這字是誰寫的。

從第一山上遠眺，看到的是淮河。不知哪天黃河奪了淮河的河道，它就亂了，附近的城也就淹了。明祖陵是三百年後大旱時才露出水面，而古泗州城依然沉在洪澤湖中。這是淮河的宿命！

但在淮河從前的碼頭旁挖出了一塊古石，竟是北宋的儀制令：「賤避貴、輕避重、少避老、去避來。」這又怎麼講？大概是交通規則罷。民要讓官，一般車要讓警車；輕簡的要讓載重的，年紀小的要讓年紀大的，那「去避來」一定是上船的先讓下船的，如用現在的語言，是搭地鐵要讓車裡的人走出來再進去罷！大家亂講一通，有胡猜之樂。

二〇〇六年十一月於香港容氣軒

朱銘的兵雕

在中大的校園裡，不可能看不到圖書館前矗立著的朱銘雕刻：太極門。聽說為了放置自己的作品，朱銘在臺北縣的金山買地，建造起朱銘美術館。想去看這個美術館，蓋亦久矣。

耶誕假期中回到臺北，與三妹一起，冠者兩三人，童子三四人，有從美國回來的，有從英國回來的，而我由香港來，是最近的。於是由淡水直奔金山。

所謂美術館，其實是個大公園。我們到時，正是中午。館員告訴我們，只要不在室內，什麼地方都可以吃東西。所以我們一進大門，就坐在水池旁，吃起剛才在金山路邊買的臺灣燒肉粽來。

我們沿著小路往前走，一座座雕像迎向我們。比如兩個小孩一起看書，婦人在閒話家常；其中自有一種天真。之後走過一座運動場，乍看是有人在單槓上翻，有人在撐竿而跳；仔細一瞧，這些正在運動的人物不是真人，而是雕塑，可是在公園裡卻顯得非常自然。

我與三妹一邊走，一邊聊著英國的公園。她說，英國的公園去過很多，可是沒有見過有這麼多雕刻，又如此逼真的裝置。驀地進入眼簾的是等待校閱的陸軍，戰艦上的海軍，還有空軍，連傘兵與地勤皆具。這樣大規模的群雕，我們都沒有見過，朱銘的童心在這園子裡逐漸閃爍開來。

就在上坡的坡道上，成行的樹旁，我們一路遇著兵。噢！不對！是兵的雕像。但他們太逼真了，太像我小時候在屏東住的前街後巷裡那些阿兵哥叔叔伯伯。雕像與真人差不多大小，身上是黃卡其布制服。有扛著槍的，但低著頭；有斷了腿的，拄著拐；有病殘的，由同袍攙著。此外還有拿著鍋盆的伙夫與運送物資的輸卒。從坡上往回看，那是一群步履蹣跚、神情疲憊的兵，好像剛從戰場上下來。他們臉上並沒有五官，不能說是刻意寫實，可是又不嫌費事給每個兵加上了名牌，王五、丁六之類。這名牌使人有了身分，成為類型的力量卻加深了普遍的悲哀。

這組雕像，叫做「抗戰英雄」。不能說是一群，因為在坡道上與他們一個個相見，是獨立的。我沒有看過抗戰英雄，我也不覺得他們是抗戰英雄。那朱銘看過嗎？他雕這些像，是他童年的記憶中，小鎮上有這些人的影子？我爸爸常引他一位朋友說過的話：「真正的抗戰英雄都戰死了，活著回來的能算英雄？」我在這些雕像上看到的是撤退到臺灣的日後的老兵，當年的小伙子。我彷彿在夢中的路上，與這些人不期而遇。他們成功過，而現在是失敗後退下來的，不敢言勇的兵。

忽然，三妹說：「這些人多像我們在屏東二巷裡常見到的。」我說：「爸爸北大畢了業，卻跑到軍校當起兵來。之後並未死在金門，而死在退下來的家裡。他病在家中的十年，落寞無告的神情，不正像這群人嗎？」我與三妹，同時流下淚來。而童子們正說著海德公園、佛治山谷與兵馬俑。

二〇〇七年一月十二日於香港容氣軒

暹粒紀實

一家住在香港的朋友，每年總邀我們去吃一次大閘蟹。大閘蟹鮮美，但我更愛聽他遊吳哥窟的種種，也許這成了我要去遊吳哥窟的原因。由美國不遠千里而來的兩位小朋友，反而是專程要去看那裡的兒童醫院。三個人的旅行動機彼此不知，然而成行了。

從香港飛到暹粒，問了問當地的華人導遊，他說兒童醫院確實是重要，因為赤柬時期已經把醫院給毀了，醫生給殺了。孩子有病，只能送到泰國去。這裡離泰國邊界大約一百五十公里，可是過境多不容易。

之後，我們發現只要離開酒店，無論去何方，經常會經過這家兒童醫院。其建築外觀線條簡單而現代，但是顏色用了柬埔寨傳統的粉橘、金黃與紫紅，與周遭的感覺很一致。又因牆矮，可以一眼望進院中栽種的花樹。沿牆站著不少人。我們的導遊說：「這些人全是家長，在外面等他們來看病的孩子。這醫院真是好，他就怕你不來，你只要來，不但完全免費，而且看完病他還送你兩塊美金讓你坐嘟嘟車回家。」路旁有大海報，海報上是一張柬埔寨小女孩的臉。

翌日上午我們去參觀女王廟，下午則打算遊洞里薩湖。中午有一空檔，就坐嘟嘟車去了兒童醫院。門房問所來何事，小朋友中的哥哥道：「捐血。」我這時才悟出他是準備了多時，而現在才說明此來的目的。那門房一言不發，帶著我們走過一個長廊，空氣中飄過來雞蛋花的香味。我們來到一個房間，護士即刻拿出表格來，給兩位小朋友填。這護士動作熟練，分別給他倆驗了血型，即時抽血。我心想柬埔寨如此落後，抽血的針頭可乾淨？但兄弟二人躺在兩張床上一邊抽血，一邊說笑。我抬頭看見牆上一塊大黑板，黑板上記著醫院血庫各種血型的血液存量與當日特別需要的什麼型的血。

這時，來了一位女士，看她的穿著，顯然是遊客。她填完表後，坐下來等。兄弟倆的血尚未抽完，又來了一男一女，二十多歲，滿身洋溢著青春氣息，當然也是遊客。他們三位，聽口音都是澳洲人。

我對澳洲來的人身上所散發出來的原野氣息，本來很熟悉。但他們在假期中當個背囊客北上東南亞，隨便租輛自行車，穿街過巷時會到這裡來捐血，而臉上的神氣卻是：「這是應該的，沒有什麼。」我心底冉冉升起了敬意。

小朋友捐完血，護士馬上給他們一罐可樂喝。又交待要吃一星期的鐵丸與維他命，還有一盒餅乾與一件圓領衫做紀念。這圓領衫可是買不到的。

站在醫院的大門口，向遠處張望。一會兒街角冒出輛車來，那車夫竟然是送我們來醫院的同一個人。他看見小朋友附彎內貼著的膠布，說：「我的小孩也是到這家醫院來看病的。」車夫眼神中充滿了敬意。

歸途中，我實在想問這兄和弟遠來捐血的動機。我知道不論是在美洲，在澳洲，還是哪一洲，現在的年輕人都習慣在網路空間遨遊。哥哥說：「弟弟去年在芝加哥捐骨髓，我是受弟弟影響。」弟弟則說：「既然已到了兒童醫院，當然就捐了。」

二〇〇八年一月十一日於香港容氣軒

大溪的銅像公園

算來，這半年已有五次去臺灣。最近的一次當然是去投票選新的總統，而去年十一月那一次是參觀大溪的銅像公園。這相隔半年的首尾兩次，似乎也有些內在的關係。

三月下旬從港到臺，才一個多小時的飛行航程，算不得什麼。我妹妹從倫敦出發，距離比我長多了。到了臺北，給朋友、兄弟打電話，說了半天才知道，原來她在花蓮，他在金門。因為各自回到自己的戶籍地去投票了，好像運動場上的「各就各位」罷。連我在臺北，也從所住的東區橫跨半個城回到景美去投票，路上大塞車。

我在屏東出生，高中以後才去的臺北。我想起當年在屏東上小學，還趕上老總統蔣中正不知哪一任的選舉。那時我十歲罷，全校都在嚷嚷：「今天選蔣總統！」我長大了以後才知道原來的職稱是總統。而候選人只有一位，當然只能選蔣總統了。臺灣的選舉是從這種程度起步的，沒有二，又如何選一？而今如此大陣仗地去投票，竟自有些感動起來。

去年的十一月，返臺開會，那一次在中壢多留了一天。兩岸三地的三個中大的教授及學生一起去大溪。當地的導遊說：「想去就快去，因為年底撤崗去哨，兩蔣的陵寢無人看守，就要關閉了。」

開這個學術會議本來就像夢幻之旅，而要去的大溪也如夢幻之鄉。所謂蔣公陵寢，其實樸素近於寒傖。倒是銅像公園在慘淡中有幾分另類的壯麗。

這些年來，全臺各地陸陸續續都在拆蔣公銅像，桃園的一位有心人，在慈湖附近買了一塊地，收留這些拆來的銅像，越聚越多，最後成了銅像公園，吸引了許多人去逛。我們也吵著要去，也早知道是只有一個人的銅像公園。但當我看到那麼多同一個人的銅像擺在一起，還是嚇了一跳。這樣的公園，全世界大概只有這一座。

在園中慢行，看清楚了，雕像不全是蔣，還有幾個國父孫中山。而對著園中馬路的，是一排半身像，好似一個模子打造出來的。我看著覺得有些心酸，卻又很親切。當年我屏東的小學叫做「中正」，一進校門也是這樣的半身銅像，我們那時向銅像鞠躬自是當然，而今倒是喚醒了我的少年情懷，我想不入夢鄉也不可能。

園裡一百多座銅像，除了胸像外，有坐像，有立像，也有騎馬的。只要是類似的造型，猛一看，全一樣；再細看，又有不同。所用材料也不全是銅，有一座紅顏色，不知用的是什麼？有的手上拿著一本書，看看，是《三民主義》，但更多的是《中國之命運》。所著衣裝，有軍服，有大氅；也有長袍、中山裝的。穿西服的也有一兩個，但怎麼看都好像挫了氣勢，看不出英挺來。每個像座都標明了此像的來源，很多還是大學扔出來的。看來看去，居然有一座是臺大的。但我拼命想，卻怎麼也想不起來那銅像原來放在校園哪裡。

同來的南京大學的朋友說：「簡直是歎為觀止。大陸有那麼多毛像，不如也拆了，運到這裡來。」我忍不住哈哈大笑起來，倒想起看過的一張內地圖片，是一個站在大垃圾堆上的毛像。

選舉完回到香港後，在報紙上看到候任總統站在老總統殘缺不全的銅像前說話的照片。那個銅像我看著眼熟，是從高雄中正文化中心拆來的，碎成兩百多片，兜不回去了。我想起那天在大溪，就有本地人說：「這個公園不僅是臺灣景點，而且是我們桃園的觀光資源。」

二〇〇八年四月十一日於香港容氣軒

沙雕與紙屋

二〇〇七年暑假，臨離波士頓回香港前，嘉陽姐帶我們去岩港吃海鮮。我們家有個龍蝦王，之前在臨海一家叫「威尼斯」的餐館吃過一隻，是把頭切下來、洗淨了再放回去的那一種，坐在盤子上甚有氣勢，但什麼黃也沒有了，完全沒有吃頭。所以龍蝦王一聽說要去岩港，孩子似的雀躍。

胡姐開車帶我們出城，近瑞維爾海灘時，遠遠望見海灘上的沙雕，想起到波士頓那天，看見報上提到有個沙雕節，以為早已過去了，怎知過了一個月，那些雕像仍在海灘上。是等自然風化嗎？我們乾脆停了車，跑下海灘去。

幾年前去新加坡看三妹，在聖淘沙島上第一次看見沙雕，是國際比賽得獎的作品，所以都是些開天闢地的人物，比如摩西、漢摩拉比之類的，造型偉岸，氣勢撼人。

但這瑞維爾沙灘上的雕像規模小多了。因為小，結構簡單，反而隱約看出來所有的雕刻都是在沙柱上開始的。沙柱有如石塊，在上面雕鑿出心中想要的形狀與線條。我在聖淘沙時全無概念，以為那些壯麗的、如模型般的作品是用沙捏或塑，而非雕出來的。

有一個作品叫「風中之燭」，是一頭髮飛揚的女子與一搖曳的蠟燭，雕刻師在靜的沙柱上捕捉動的生命。凝視那張臉，竟是戴安娜，看著真令人神傷！另外沙雕節的冠軍作品叫「道歉」，是一男一女兩個人，面對著面，連身上的衣褶都纖細地刻畫出來。也許是把比賽的沙柱一分為二，所以兩座沙像都是窄窄的，長身玉立。沒有動作，當然也沒有語言，但二人的眼神卻透出了抱歉的意思。不知是出於作者的經驗，還是預告的宣言？

胡姐說到岩港之前會先經過紙屋，可以順便去看看。我想來想去想不出紙做的屋子會是什麼樣？會有多大？真的能站得住嗎？還能擋風雨？我們照著地址，尋著路牌，一輪兜兜轉轉，進了住宅區。有的屋簷下垂著風鈴，有的掛著貝殼，院子裡種的不是鮮紅的天竺葵，就是粉紫的喇叭花。而坐落在最大的花海中的一幢，外表看來與一般住家無異，只是砌牆的磚更古雅，園裡的花更燦爛。廊上插著一幅美國國旗，一個大牌子上寫著：“Paper House”，居然就是紙屋。屋前路邊還立著一個郵箱，咦！難道還有人住嗎？

走上前廊，才看清楚所謂牆，不是磚砌成的，而是一卷卷的報紙壓實了再一層層疊上去的，外面還上了亮光漆，報上的新聞仍然清晰可讀。上漆固然美觀，可能也為防水。伸手摸摸，如磚一樣硬。除了牆，房子本身是木結構，屋頂為木瓦。後來知道這前廊是後加的，不只為紙屋擋風雨，也為它擋了新英格蘭的霜雪。

門沒有鎖，有小紙條歡迎訪客自由出入，但希望每人樂捐一塊五美金，放進桌上的信封，離去時把信封擺在郵箱裡，再把小旗子豎起來，日後自會有人來取。

暮色漸合，我們進得門來，就在牆上找開關，又看見一張小紙條，寫著「有光」，並有一箭頭指向下方，正是電燈開關。開燈的動作就彷彿回應紙條上的句子，意謂「就有了光」。看來，照顧這紙屋的人，還有些幽默感，我們三人不覺笑了。

有燈，當下一亮。這紙屋裡有桌椅、書架，有鋼琴、檯燈，還有收音機及老爺鐘。有磚砌的壁爐，爐上有板；有木製的窗框，窗上有簾。如果不注意看，這室內，一如尋常家居。這樣的紙屋，是怎麼樣也想像不出的。後來聽說了，這小屋一共用了十萬份報紙，糊紙的漿糊都是主人用麵粉和水自己做的。跟我小時候家裡糊花紙門自製的一樣；不過他們還加了蘋果皮。

我們一樣一樣仔細看，原來鋼琴是真的，仍可以彈奏。只是琴身用報紙卷層層包住，收音機櫃子也是如此，且還看得見報上都是胡佛競選美國總統的消息；而書桌的報紙，則全是林白飛越大西洋的頭條新聞。至於那老爺鐘，鐘座所用的報紙卷包括了美國四十八州首府報紙的刊頭。當時的美國沒有阿拉斯加，也沒有夏威夷。流光如矢，有時真令人覺得恐怖。

然後就看到牆上掛的紙屋主人的照片了，他們是斯坦曼夫婦，日期是一八九六年。先生是機械工程師，一九二二年開始蓋這樣一棟房子當作度夏的別墅，紙窗簾則是太太的手藝。一九二四到一九二八年間，他們平時住劍橋，暑假才住在紙屋裡。當時紙屋已有水有電，但沒有浴室，也沒有廚房；他們在哪裡洗澡，又在哪裡煮飯呢？辛辛苦苦蓋了紙屋，但後來為什麼又不住了呢？環顧四周，所見的一切都說明時間停留在上一世紀的二十年代末，是不是緊接著就是一九二九年的大蕭條，所以情況有變，他們不再回來了？

離開紙屋後，只幾分鐘就到了岩港。在港口找到一家餐館，龍蝦王終於吃到了一隻清蒸的全蝦，算是補上了前次的缺憾。我問他：「明知以沙雕刻與用紙造屋都不會長久，那又為什麼如此費心費力呢？」他若有所思地答道：「也許人類想要在暫時寄居的世上留一些曾經駐足的痕跡罷！」

這些日子為北京版我的系列校稿時，發現這系列中的兩本書，《一樣花開》是我最早的散文集，《為彼此的鄉愁》則是最近的。忽然想起一年半前所看到的沙雕與紙屋來。《一樣花開》的書題來自黛玉的〈問菊〉：一樣花開為底遲？遲，也還是開了。一篇篇看過去，早期的悲壯些，字裡行間依然令我落淚；近期的瀟灑些，已略有逍遙之意。瞬息之地如何談及永恆？不過是為逝者如斯的人生留一些印記罷了。

二〇〇九年四月一日於香港容氣軒

原為大陸版童元方作品系列序

後街後巷

接到安妮的聖誕禮物，是八張自製的卡片，是她相機的鏡頭所捕捉到的光影。有白色短欄杆後開得燦爛的各色花卉，有緩緩航進港灣的高桅帆船；有藍天上靜止不動的雲卷，有風雨中呼嘯而起的浪花。岸邊岩石上的小草，猶如一片黑色的剪影。這些畫面太熟悉了，眼睛一熱，淚就流了下來。

來香港前，我在波士頓住了十五年。因為喜歡散步，城裡的一磚一柱，路旁的片石叢花，慢慢都有了感情。而查理斯河更像一條絲帶，魂也牽，夢也縈，綰住了我的心。如此，他鄉即成了故鄉。

來香港後，每年暑假都回波士頓度夏，不是過客，而是歸人。於是像從前那樣過日子，小徑是走熟的，早餐是吃慣的，在書店裡亂翻書，更是每天必行的儀典。時間彷彿停止了流動，空間也好像不曾改變過。要說與從前有什麼不同，可能是回來的日子，反而與安妮時相過從。

四個季節而今只有一個季節相見，我們沒有車，安妮每個星期都帶我們出城閒逛。我逐漸發現她從不走大路。她說：「我認識波士頓所有的後街後巷。」我們因此在離開波士頓之後又重新認識這城市。

安妮與我們對門而居。相約外出吃飯，她總喜歡由城南出去，我才知道時常上社會新聞版的南區，原來有極其講究的建築：細長的柱子撐開大戶人家的格局，一如紐約的哈林區。經過哈佛的植物園時可以看到華蓋亭亭的巨樹與來去悠悠的小鴨。

出城以後在後街後巷轉進轉出，不經意間就穿過幾個漁村與小鎮。渡口的小舟，窗臺上的花朵，向後緩緩逝去，卻在腦海裡留下一幅幅圖畫。出發時還是陽光明媚的午後三、四點鐘，走著走著，天色已近黃昏。

「看那雲彩，太美了！」我說。

「我非帶你們去看我年輕時住的地方不可。」安妮說。

她不由分說，即刻換路而行，七彎八拐進入一短巷，前面居然是大海。因為巷子實在太短，突然轉入時好像直衝著大海而去。這一嚇，我們不禁大叫起來。再一看，海連著天，天連著海。海上波瀾壯闊，天上雲影詭譎，更分不清天與海了。夕陽的餘暉從雲間灑落開來，給海與天鑲上了無數細緻的金邊，美得讓人害怕。

安妮乘興而改途，那不是唯一的一次。是他提起新英格蘭的海灘，安妮跟上一次似的，要帶我們去她最愛的那一片平沙，而且又是即時七彎八拐地去了。那麼細的沙，那麼柔的水，他也忍不住脫了鞋襪。那日的天與海都是靜謐的灰藍，而水涼森森的。

不遠處有賣熟食的小鋪，旁邊還有一家頂著個大招牌，上書："I Scream"。後來悟出來是"Ice Cream"。這還得了！當然是吃完熱狗，再吃冰淇淋了。這情景不由得使人想起漢詩中的句子「上言長相思，下言加餐飯」。

而我們路程的終點，是朗費羅的路邊客棧，是霍桑的有七個三角屋頂的房子；是葛羅斯特海邊的漁人雕像與國慶煙火，是岩港熊皮頸巷的藝術小店與對岸的老燈塔。

在這些圖畫中，是油綠的蔬菜，金黃的玉米與蒸好的紅色大龍蝦烘托著我們的歡聲與笑語。想起安妮，就想起年年暑假最簡單的快樂時光。我是每一分鐘都把握、都珍惜了的，然而時間還是像查理斯河中的流水那樣流過去了。

兩年來，沒有出過遠門，安妮自製的卡片替我捎來了另一故鄉的消息。陽光依舊，海浪依舊，短籬間好像也飄來了花香。

二〇一〇年二月五日於香港容氣軒

藝

茱莉安德斯與巴金

好像是一個月前才看過在演藝學院演出的《仙樂飄飄處處聞》音樂劇，今天就要趕去國金大廈看茱莉安德斯的電影。這中間夾著巴金逝世的消息。

想著巴金曾來過中文大學，可是我沒有趕上。安德斯的歌，聽過不知多少遍了，總是自己也跟著跳啊唱啊，真是快樂。我記得小孩時在臺灣看的《真善美》（*The Sound of Music* 的臺灣譯名），後來在美國又看了幾次。看這麼多次，就是因為太愛這部片子，太愛安德斯的歌聲，也太愛此片的純與美。

〈兩人同飲茶〉(Tea for Two) 是安德斯為她的先生愛德華茲 (Blake Edwards) 灌唱的。配樂是簡單的，歌聲是輕柔而又親切的，原是妻子獻給丈夫的禮物，愛德華茲因深受感動而願轉給大家，使我們也感受到這個甜蜜家庭的實在甜蜜。於此，我忽然想起巴金與蕭珊來。蕭珊的名字叫蘊珍，而我始終不知道她姓什麼？近來才從譯詩大家許淵沖所贈的書裡知道了她姓陳。她在文化大革命中掃街、挨罵，病了住醫院還得走後門，而那時的巴金正在五七幹校勞動改造。她就那樣淒涼地逝去了。

我也看過巴金的「激流三部曲」，尤其喜歡《家》。寫得那樣笨笨拙拙，也就有一種樸樸實實的可愛處。至於《春》等，則是寫別人述說的故事，顯然不如《家》了！巴金在晚年說及蕭珊的眼睛大而美時，還引出一段《馬克思傳》中的故事來。馬克思寫到逝世妻子的眼睛時，用的字眼就是大而美。巴金用這大而美的馬克思句，不多也不少地來回想十年前逝世的蕭珊。我們看時，直覺其慘，不忍再讀下去，而其形容二人之愛也力透紙背了。

巴金、安德斯兩對夫妻之間的愛倒是挺相像的。不過兩個家庭的故事都是無限的愛，兩個無限大又如何相比呢！

托爾斯泰總是在說「人是怎麼回事」的問題。而結論是：「人生最大的悲劇是床笫間的悲劇。」如此說來，托翁所說的悲劇，安德斯沒有，巴金也沒有。所以也可以說茱莉安德斯與巴金這兩個人的家庭，竟是人間很稀有的幸福了。

二〇〇五年十一月六日於香港容氣軒

前臺與後臺

《真善美》這部有史以來最受歡迎的電影，我最初還是小孩時在臺灣看的，後來在美國又看過幾遍。錄影帶以及各種電子傳播方式迅速在變，連手機上都有影像了。但《真善美》的魔力竟使我一個月前剛在香港演藝學院看過音樂劇，接著又到國金大廈看起電影來了。

國金大廈是國際金融中心的大樓。從新界到九龍，再過海到香港後不可能看不到它：就在中環海邊，一柱擎天地站在那裡。樓中當然是金融業辦公的地方，但樓下商場內有一座電影院。皮沙發的舒適座位，清爽可人的空氣調節，銀幕寬闊得也許只有紐約無線電城的可以相比。門口也賣爆玉米花和可樂等，與任何電影院無異，而票價竟亦相同。只是網上訂票，要先做會員。門口買票自然也好，畢竟不如當了會員，可以選自己喜歡的座位。這就是說影院設備與訂票程序都是新的，唯獨放映的片子是古典的多。

兩年前影院剛開張時，以《亂世佳人》和《北非諜影》為號召，那是最古的古典了，我不知為什麼錯過了。可是《真善美》——香港譯作《仙樂飄飄處處聞》，大陸譯作《音樂之聲》，不能再錯過了。於是來到這座小卻豪華，廉而美麗的電影院，來看這看過多少遍的古典電影。選的是中午開始的那一場，門口買條熱狗與橙汁拿進影院，等餓了再吃。是複習舊課，也是回憶昔年。

《真善美》足本上映，片長三小時，所以並無廣告，也沒有下期影片的預告。我們坐在最後一排，像在家中的沙發上，面對的卻是那麼大而寬的銀幕！

《真善美》的故事記得，音樂更是熟悉。忽然，電影開場了，卻是一片雲氣。這，我完全不記得！從左向右，畫面逐漸展開。雲氣，帶出山巒，高處的雪仍未融時，低處的綠樹又已閃到！這是奧地利的阿爾卑斯。然後是藍色的絲帶般的河流。鏡頭低了些，看見修院的尖塔和小巧的房舍，這是薩爾斯堡。在這小城如畫的風景上，映出一個個藝術家的名字。

鏡頭拉開去，斜斜滑過了尖塔，滑向修院背後的山峰，然後往低處聚焦，越來越低，地面上彷彿有一個人，她轉了一圈，對著環抱的群山唱出：「群山因音樂的聲音而甦醒，這歌已唱了千年……。」那單純甜美的聲音竟使我在黑暗中流出淚來，好像與久別的朋友相見。

我在哈佛時曾經在附近小城的高中兼過兩年課，《真善美》中的角色，在現實中真有其人，還是我學生告訴我的。我說：「真的？」他見我不大信，直嚷嚷：「房川普家的人離開奧地利以後，輾轉到了美國，你不信？他們就住在維蒙特州的農場裡，因為那裡的環境很像薩爾斯堡。」自那以後，我從無意到有意地追究起真實的故事來。比如，為什麼電影中的船長年紀輕輕就已退休？又如，到底有沒有「房川普家庭歌手」這一回事？因為太愛前臺的戲，也就帶起對後臺的興趣來。

這位船長指揮的不是普通的軍艦，而是剛發明了不久的潛水艇，艇上配備的攻擊武器是魚雷。當年船長指揮的潛水艇下水時，命名的儀式是由魚雷發明者的孫小姐主禮，魚雷也是她家的工廠製造。船長與小姐一見鍾情，姻緣成就以後，一戰爆發，船長巡邏亞得里亞海，擊沉了幾艘運輸艦。一戰結束後，奧匈帝國瓦解，奧地利失去了整個海岸線，帝國海軍也就不存在了，船長成了虛銜。換言之，即是船長失業了。但船長夫婦雙方顯赫的家世，自然尚能支持一時。不久，船長夫人因染上猩紅熱而去世，身後留下七位子女。以後的故事大致如《真善美》中所描畫的，只是時間上壓縮了十年。片中女主角瑪麗亞嫁給房川普船長時其實是一九二七年，而非電影中的一九三八年。接著而來的經濟大蕭條，導致奧地利銀行倒閉，使他們一夜之間失去了一切。是在這個艱難時刻，一家人成了歌手的，這家庭合唱團如此開始了歐洲巡迴表演的生涯。直到為躲避納粹，真的是在一九三八年逃到美國，全家才開始從美國出發往全世界演唱。

《真善美》這故事先有音樂劇，後有電影，根據的是瑪麗亞的第一本書，也可以說是她的回憶錄，書名就叫做《川普家庭歌手》(*The Trapp Family Singers*)。他們其實是穿著登山裝，坐火車到義大利再轉去美國的，而非爬過山頭到瑞士。

所以我就悟出來，自傳轉化成音樂劇，就有了自己的生命，而音樂劇的成功則在於另一批藝術家的努力，比如說羅傑斯 (Richard Rodgers) 與漢姆斯坦 (Oscar Hammerstein)

的曲子與歌詞。他們二人合作的方式是先寫歌詞，後作歌曲。漢姆斯坦在為《真善美》思索歌詞的時候，已經患癌。差不多快寫完了時，他想想，好像還差一首歌，就作了〈白絨花〉(Edelweiss)。

《真善美》音樂劇於一九五九年十一月在紐約百老匯開幕，第二年八月音樂劇正在上演，漢姆斯坦的生命走到了盡頭。謝幕時觀眾才知道劇場一顆星殞落了。散場後整個百老匯熄燈三分鐘，以示哀悼。《真善美》成了他一生中最後一部作品，而〈白絨花〉也成了他所寫的最後一首歌。歌詞是這樣的：

白絨花，白絨花，
每天清晨你歡迎我呀！
小而白，潔而亮，
你那麼高興見到我呀！
綻開片片如雪花，

願你滋長到無涯。

原來，漢姆斯坦與死神掙扎時，想的卻是生長與綻放！

雷根總統在位時，有奧地利的代表團來訪，白宮奏起了〈白絨花〉，因為誤把〈白絨花〉當成了奧國國歌。我想這個例子不是用來說明美國的粗心，而是〈白絨花〉的感人至深。之後，《真善美》再一次從音樂劇轉化成電影，又是另一批藝術家的努力。就是音樂，電影比音樂劇也多了兩首歌。這兩首新歌沒有了漢姆斯坦，詞與曲都是羅傑斯獨力完成的。

電影在一九六五年公演，至今四十年。這世界變了很多。瑪麗亞於一九八七年去世，當年二十五歲的茱莉安德斯如今嗓子動了手術，好像也沒有完全治癒。然而純美的歌聲仍舊迴盪在阿爾卑斯的山間：

攀登一座座高山，

涉過一條條溪澗；

凝望一道道彩虹，

直到昔日的夢境實現。

有些年輕的小朋友說，看這種電影很感尷尬，因為不習慣這樣純情的表達方式。我怎麼想呢？二十一世紀的人太複雜了，也許是太懶惰了。濫情是一生，純情也是一生，簡單的純情，又有什麼可尷尬的呢！

我在戲臺上、影院中看了前臺的戲，又讀了、聽了許多後臺的故事。無論前臺，還是後臺，沒有垃圾，也沒有塵埃，燦爛得像一個彩虹的夢，單純得像一首牧童的歌，樸直得像不寫詩的人所寫的詩句。

二〇〇五年十一月八日於香港容氣軒

殘酷的項鍊

好像在兩三年前，看到翻譯大家楊憲益的一篇訪問。最後的兩句話引了楊的詩句：

千年古國貧愚弱，
一代新邦假大空。

誰看到這個對句都會感到震動，就連人到中年的一群以及更年輕的網路族，也要震動得目瞪口呆！

這詩句在我的腦海裡飄了兩三年，我想貧、愚、弱這三個字更有深意在焉！想起那本才五千言的《老子》，至少知道「愚」與「弱」並不是壞字。《老子》不時說明「愚」與「弱」的妙用。至於「貧」字，則是老子的愚弱之論所暗示的必然結果——甘於貧。

古國之所以存在了幾千年，正因為其「愚」且「弱」，以至於「貧」。這樣說來，這種解釋就與乍看起來的意義呈現一百八十度的不同了。至於假也、大也、空也，倒是新邦的特色。用不著什麼解釋矣！

楊憲益的妻子，英人戴乃迭(Gladys Taylor)，辭世已整六年了。我剛剛看到楊憲益所主編的紀念戴乃迭的文集。楊自己作的詩序於前，親朋所寫哀悼的文字殿於後，是很有個性的一本小書。

楊憲益的一首詩是這樣寫的：

早期比翼赴幽冥，不料中途失健翎。
結髮糟糠貧賤慣，陷身囹圄死生輕。
青春作伴多成鬼，白首同歸我負卿。
天若有情天亦老，從來銀漢隔雙星。

這是一九九九年的十一月，戴乃迭逝世後，楊所寫的悼亡詩。中國古詩也許可以看成有韻的「關鍵字」，詳細的內容則由讀者憑所知的多少與深淺，自行填空了。

由他們的朋友郁風所填的看來，戴乃迭最苦的地方，尚不是坐監四年，吃窩頭的普遍災難，而是由這場災難所引起的，楊戴二人的兒子，因精神失常而最後自焚。身為母親的戴乃迭從此再也恢復不過來了。一直到人生最後的兩年，陷入了癡呆，呆笑而亡。

郁風又說，有一次在一群朋友的說笑中，大家談到戴是為了愛情而遠離故國，楊說是因為自己當年的瀟灑！戴卻尖銳而又莊嚴地反駁：「你以為我是愛你的俊美？我是愛上了中國的文化！」

她是在說：千年古國的貧愚弱的文化罷！她不僅能忍受，而且很欣賞，竟至於深愛。而幾十年下來，她其實見識到且經驗了的卻是：一代新邦的假大空而已。

我想起了莫泊桑的《項鍊》。

二〇〇五年十二月二日於香港容氣軒

里爾克與杜甫

詩人佛斯特 (Robert Frost) 說過，詩就是翻譯中失去了的部分。如果我們認為詩這種文字是不能在另外一種文字中完美再現，佛斯特這話令人欣賞。可是，詩還有音樂的成分，如果詩這種音樂不能在另外一種音樂中完美再現，那麼，佛氏的話恐怕就有商量的餘地了。

萊特曼用詩的筆法寫《愛因斯坦的夢》，十年前他出書後，我因為喜歡他的詩筆而想將之譯成中文，找他去商量。那時他是麻省理工學院的物理教授，我是哈佛大學研究中國古詩的學生，他讓我念一段我的譯文給他聽，但他一句中文也不會。聽了我朗誦中文譯文後，他卻與林海音先生說：「很慶幸能有懂詩的人來翻譯我的書。」

從那時起，我常感覺詩有別裁，非完全關乎文字，可能更關乎音樂，如節拍的斷續與音調的起伏等，萊特曼那麼欣賞我的中譯，可能是譯文的音樂性質，非關文字。

北島的新書《時間的玫瑰》中有一章是講德國詩人里爾克 (R. M. Rilke) 的。北島參考布萊 (Robert Bly) 等三種英譯本及馮至和綠原的兩種中譯本而「攢」成一首里爾克的〈秋日〉的譯詩，北島的譯文如下：

主啊，是時候了。夏天盛極一時。
把你的陰影置於日晷上，
讓風吹過牧場。
讓枝頭最後的果實飽滿；
再給兩天南方的好天氣，
催它們成熟，把
最後的甘甜壓進濃酒。

誰此時沒有房子，就不必建造，
誰此時孤獨，就永遠孤獨，
就醒來，讀書，寫長長的信，
在林蔭路上不停地
徘徊，落葉紛飛。

北島說，里爾克寫了二千五百首詩，而以這首〈秋日〉最為出色，出色得無與倫比。他在文章中並未引出馮至的譯文，只批評了綠原的譯文草率而粗糙。

馮至對於文字的把捉向來謹慎，他所譯的〈秋日〉首句是「……盛大」，綠原所譯則是「……壯麗」，均不如北島所改的「盛極一時」。看了北島這一改，立時覺得馮至為什麼出此敗筆。

我看了北島的譯文後，忽然想起了杜甫的一首詩，與〈秋日〉的內容無關，更與呼喚上帝無涉，就是那首〈聞官軍收河南河北〉：

劍外忽傳收薊北，初聞涕淚滿衣裳！
卻看妻子愁何在？漫卷詩書喜欲狂。
白日放歌須縱酒，青春作伴好還鄉；
即從巴峽穿巫峽，便下襄陽向洛陽。

不但「主啊，是時候了。夏天盛極一時」與「劍外忽傳收薊北」都是鞭炮衝天突然的起句，而結尾的「誰此時沒有房子，就不必建造/誰此時孤獨，就永遠孤獨」與杜甫的「即從巴峽穿巫峽，便下襄陽向洛陽」語法結構更相類似。

這是聯想呢？還是意譯呢？只能說是詩的音樂部分的翻譯罷。

二〇〇六年一月六日於香港容氣軒

從《愛因斯坦的夢》到愛因斯坦的戲

二〇〇五年的耶誕假期我是在芝加哥度過的，禮物之一是看一場戲，但送禮的小朋友事前不肯告訴我要看的究竟是什麼戲。於是我們在風之城華氏零下八度的氣溫中轉兩趟地鐵去看戲。天氣雖冷，但陽光很猛，下了火車後我戴上太陽眼鏡在冰雪未融的馬路上走。才幾分鐘，眼鏡就被自己呼出來的氣息弄模糊了。好久沒有感覺這樣冷冽的空氣了，心胸為之一振。原想在芝加哥停停就去波士頓的，但說時遲那時快，在芝加哥的盤桓拖到非回港不可，結果芝加哥之行，成了專程來看戲了。

是家小劇院，叫蕭邦劇院。而所演的戲，真的沒有想到，是改編自萊特曼暢銷小說的《愛因斯坦的夢》，而且是最後一場。因為劇院很小，沒有劃位子，我們就坐在第二排，正對著舞臺。說是舞臺，其實沒有臺，劇場空間與我們的座位在同一平面上，這是一奇了；但有相當的距離，也沒有幕，又是一奇。我一進來就看到劇場正中懸著一個大鐘，正是我手錶上的時間：兩點四十分。二十世紀初葉的鐘應該是瑞士製造的。整個布景是一個可以稱做樓的建築，下面是些連續的拱門，啊！這象徵著瑞士伯恩最著名的拱廊。光線從上面射下來，拱門內顯出陰影。樓的左右兩邊各有樓梯通二樓，樓底又好像橋墩，而樓上有一道欄杆，不遠處有一張書桌，桌上放著一臺舊式打字機。不同的角落散置著一些帽子，看得出製作布景的人想用最簡單的結構來涵蓋最多的夢中場景。

我因為到得比較早，坐著等開場時忍不住亂想：一個不能說有人物，也不能說有情節的小說，在劇場內又如何表顯呢？愛因斯坦會不會出現？米列娃、貝索與安娜又會不會出現？萊特曼的原著已出版了十年，我那譯本也已印了十一次，我對那本書的內容是太熟悉了。

劇場中央大鐘上的時間一分一分地過去，我想那樣誇張的尺寸，那樣醒目的位置，此大鐘一定是舞臺上的道具，布景的一部分，不可能只為戲院本來計時用。我看著走動的長針，忽然想起《愛因斯坦的夢》全書的第一頁第一句：

在長廊盡處的拱門附近是一座鐘樓。鐘聲六響，然後停了。燈忽然熄了，男男女女演員在黑暗中進場，或趴、或躺在地下。分針也在這時走到三點整——開場之時。突然，那針快速旋轉起來，三圈之後，鐘聲響了，很慢，噹、噹、噹、噹、噹、噹，正是六下，如此，我們進入書中的，或者說戲中的時間，與現實脫離了關係。

鐘聲歇處，場中男女緩緩起身，有人走向欄杆，那是陽臺；有人走向樓梯，那是橋；有人走向拱門，望向黑暗裡去。然後定駐在那裡。這時一穿西裝、打領帶，公務員模樣的黑人演員提著公事包，走過劇場空間的巷弄來到樓上，在書桌旁坐下，打字機上堆著一些紙；一邊朗誦出《愛因斯坦的夢》中序曲之片段。他朗誦得很好聽，但他的造型絕不是大家所熟知的愛因斯坦。接著，燈光漸明，其他的演員也動起來了，他們接龍似的各自讀出自己角色的段落，同時演出那些字句。我看見一穿著圍裙的男子做出揉麵粉的動作，我知道他是麵包房的師傅。這時我看清楚了：演員一共有八人，四男四女，其中五位白人，兩位亞裔女子，一個黑人。彼此間幾乎沒有對話，也沒有互動。在九十分鐘內不分場演出了所有挑選出來的夢境：有的是一完整的夢，有的是夢中的一景，演出次序因串場的要求而與原著不盡相同。與其說是戲，不如說是把文本直接用肢體表演出來，演員所代表的不是特定的個人，而是類型。

我可以接受用一整齊的黑人演員來扮愛因斯坦，如同起用黑人或女子來演哈姆雷特，因為每一演出有不同的重點，導演要表達他自己的意念。比如，當一女子演的哈姆雷特在臺上道出自己 "pregnant with ideas" 時，自然豐富了 "pregnant" 這一個字的含義。但是他演完愛因斯坦的部分後就離開所謂瑞士伯恩專利局的辦公室，穿插於劇場空間，變成另外一個人，或者應該說另外一個類型。直到終曲，他又變成愛因斯坦回到書桌旁，彷彿大夢初醒。中間根據愛因斯坦傳記而揣摩出來的三個間奏曲內容，有關愛因斯坦與貝索的友情全部都捨棄了。而原著序曲的最後，愛氏哼起了貝多芬的《月光奏鳴曲》，在這次的演出中改了，仍是貝多芬，但用了他的《田園交響樂》，且以之為整部戲的配樂。

我一直認為不用莫札特而用貝多芬是萊特曼的疏忽或敗筆，曾當面問過他；而他自己也說不出理由。十年後我在德國遇到愛氏的曾孫媳卡桑德拉，還與她討論過這一點。卡桑德拉說愛氏的母親寶琳娜倒是很喜歡貝多芬，而愛因斯坦老年時手指僵硬不能再拉小提琴，也曾彈貝多芬的鋼琴奏鳴曲。所以也許是我的偏見：不能接受青春佻達的愛因斯坦會哼貝多芬的奏鳴曲！

演員表演時，朗誦的是萊特曼詩一般的語言，不論是凝定的姿勢，還是行進間的動作；不論是單一的人物，還是群體的表演，都呈現出有如舞蹈般的美感。但口中所朗誦的是原文所用的第三人稱，而表演的卻是自己的身體，這中間有一種奇怪的張力，彷彿劇場所反映的只是概念，而不再是人生了。

既是用動作表達概念，不屬於一般的戲劇，當然也不能說是僅僅在劇場裡朗讀文本而已；所以我的感覺也與看書時的感覺不同。比如，我很喜歡「時間的中心」那個夢，也很喜歡「人們沒有了記憶」的那個夢，但在這個劇場的演出中，幾組演員蹲在時間中心久久不動，與大家沒有記憶，只好拿著生命簿走來走去，同樣顯得擁擠。我不太在意的「高度即地位」與「夜鶯即時間」那兩個夢裡，人人都要攀高爬低去找屋、來抓鳥，所以起伏上下的動作特別優美，劇場演出與文字朗誦可能相得益彰。「世界末日」的那個夢大家手拉著手很單調，而「蹲在拱門陰影裡突然被帶回到過去」的那個夢則有些單薄。

在劇場裡最好看的一個夢是「時間有三維」的那個世界。書中的男子穿著長大衣，站在陽臺上凝視著雪地上留下的霸道女人的紅帽子，慢慢帶出同時發生的三個不同的結局。而在劇場裡，站在陽臺上的是那位霸道女人，而三個穿著一式一樣長大衣的高挑男子在樓下一人一段說著自己的故事。一樣的手勢，一樣的動作，一樣的神氣，一樣的聲音；只有結局是不同的，構成了非常美麗又和諧的畫面。而那原書上的紅帽子在哪裡呢？不在地下，而在頂上。原來那個時鐘可以用來投射電腦設計的畫面，在這段表演中，它所投射的就是那一點紅。略有瑕疵的是開場時的草帽道具，依然有一頂留在地上，成了兩頂帽子。

小說中有一篇完全由對話連綴而成，而對話表現的不但不是溝通，反而是疏離；因為時光雖然在流動，卻沒有什麼事真的發生。兩男兩女，也就是兩對夫婦坐在椅子上，面向前方，但不看觀眾。他們的眼神是空洞的，大家以機械式的聲音說出自己的對白，同時配合手上機械式的動作。時間彷彿不在流動，人也好像沒有變化，就這樣無聊地一路過下去了。也許因為這四位演員只表演對白而省略了小說敘述的部分，所以是最成功的。表演「無聊」而使人印象如此深刻，也是一個新的經驗。

萊特曼把愛因斯坦之說「科學」移為「小說」，這是一種媒體的轉換；而今，又由「小說」移之為「戲劇」，又是一種媒體的轉換。媒體的轉換大概也屬創作，所以，從愛因斯坦一九〇五的相對論到萊特曼一九九三的小說差不多要九十年，而從《愛因斯坦的夢》到愛因斯坦的戲也要十年，加起來正是百年，可見創作之難。

出了戲院，走在比冰還冷的西區街，真是冷得要死，不知為什麼我卻想起湯顯祖的夢與戲來。

二〇〇六年一月八日於香港容氣軒

我最喜歡的愛情故事

我最喜歡的愛情故事，當然要從《李娃傳》說起了。

白居易作〈長恨歌〉，幾乎無人不曉。〈長恨歌〉是唐明皇與楊貴妃的愛情故事。因為白居易的歌，唱了一千年了，他的歌所說的故事，也就傳了一千年。結局是馬嵬坡——楊貴妃死了。我們這些後人，有為貴妃之慘死而悲的，有為明皇的懦弱而慟的。總之，是知道這個故事並沒有增加什麼，卻因而想起來就難過。那又何必知道這種故事呢？所以我雖然很愛念〈長恨歌〉，也不愛〈長恨歌〉的故事。

白居易有個弟弟叫白行簡，白行簡在白居易這棵大樹的陰影下，定不會有什麼成就了。你替白行簡想想，作詩還趕得上哥哥嗎？不要說長詩，就是作短詩也很難趕得上。

我們隨便背一首白居易的絕句：

綠螘新醅酒，紅泥小火爐，
晚來天欲雪，能飲一杯無？

就是他的親弟弟，有相同的DNA，也很難作得出來。白行簡於是就另尋他途，做起小說來。白行簡的小說，在唐代叫「傳奇」，只有一篇，就是《李娃傳》。《李娃傳》有各種窮困潦倒的情節，有各種慷慨相助的義氣，最後是大團圓的結局！比起《鶯鶯傳》、《霍小玉傳》等薄情故事，《李娃傳》看來緊張，但最後不至重壓在身，使人出不來氣；而看完了又感覺安慰。宋以後的小說或話本，明清的「才子佳人」小說，大多是大團圓，可以說皆源自白行簡的《李娃傳》。

白居易與白行簡這兩位兄弟，分別開闢了詩與小說的兩種傳統，都輝煌得令人景仰。說了兄弟檔，我忽然想起了父子檔，那就是法國的大小仲馬了。父親大仲馬做了多少部俠義小說，著作等身根本不足以形容。大仲馬所著的書，如把也稱為《三劍客》的《俠隱記》、《基度山恩仇記》等疊在一起，恐怕有兩個大仲馬的身高了。而大仲馬的兒子——小仲馬只寫了一本書，卻比大仲馬所有的作品都精粹得多，這一本就是眾所周知的《茶花女》。我們誰沒有讀過《茶花女》呢？誰沒有沉醉於阿芭與瑪格麗特愛戀的經驗呢？我是看多少遍，就鼻涕眼淚地哭多少遍，而哭過之後，又覺得神清氣爽。自從看了《茶花女》，才漸漸欣賞到悲劇的洗滌作用，才慢慢領略到悲劇中愛情的真諦。

我於是在法國的《茶花女》小說中大過其癮之後，自然想起歌德的《少年維特的煩惱》來。維特的煩惱，是一開始就非走向煩惱不可，最後是以自殺來結束。據說歌德自己，真有與維特相似的經歷，也真的曾想自殺，但因寫了這本小說，把對女子的愛慾之情全部宣洩了出去，就又不自殺了。如果傳聞不虛，這個結局就太好了。歌德實際上很長壽，如此，才可能完成《浮士德》的巨製。那是留給人類多偉大的遺產啊！而一本有關愛情的小著作，竟然救了他自己，改變了他的一生，誠屬難得的佳話。

從歌德的《少年維特》自然想到另一位德國作家施篤姆的《茵夢湖》來。已成了老人的萊因赫回到了故鄉，每一寸土地都喚醒他對舊日的回憶，使他想起早已逝去的童年，而沉重地說出：「在青山的那邊，埋葬著我的青春。」他怎麼能不凝視著月光下湖面上的那一朵睡蓮，思念青梅竹馬卻未能結合的小愛人伊麗莎白？不但少女時代的我為之心動，就是而今每見到一片湖水，就想起「茵夢」，仍為那終究是無望的昔日愛情而低迴不已。

從這個伊麗莎白一定會聯想到另外一位麗莎來，就是屠格涅夫《貴族之家》的女主角。屠格涅夫的五、六本小說都寫得很好，世界各國都選他的《父與子》作中學課本，我卻獨喜他的《貴族之家》。因為《貴族之家》沒有傳達任何「信息」，只是「抒情」。在《貴族之家》裡，拉夫列斯基與麗莎沒有結局的愛戀，固然令人忘不了；但我更忘不了的是教麗莎音樂的那位老年音樂家。他也愛麗莎，好像羞於自己的年老，而不敢向麗莎表白。小說的最後一景太動人了，簡直是一首詩：他坐在麗莎家花園的椅子上，夜已到來。他孤獨地望著樓上那一排窗戶，窗子一個個明了，又暗了。他靜靜地望著，那是麗莎手執著蠟燭從樓的一端走向另一端嗎？屠格涅夫的筆實在太細膩，每本書都只有三、五個人，而情感卻如長江大河，表面並沒有太大的波濤，但你投足於河水中時，方知水流之湍急。

但這些小說，與唐吉訶德一比，就都不如這位做著中古夢的騎士之愛的別出心裁了。明明是腰粗得像酒缸似的村婆，唐吉訶德卻覺得是既美且艷的貴婦。他願肝腦塗地，乃屬理所當然；為她犧牲奉獻，更是事所必至。

其實，唐吉訶德對愛情的哲學倒是愛情的根本定義。而多少盪氣迴腸的愛情故事的真髓，都出不了唐吉訶德所加定義的範圍。比如說《鐘樓怪人》，或譯為《鐘樓駝俠》，這部小說大概是最令我心為之碎的愛情故事了。加西莫多怕自己醜陋的臉孔嚇壞了所愛的女子，總是拿手遮著；其心是卑微到了家，其愛也就昇騰到了頂。這個掩臉的手勢在我的心中不知如何地成了愛情不朽的標記。

轉了一大圈，回到我們的中國文化裡，也是一差不多的手勢——賣油郎以新衫的衣袖承接了爛醉如泥的花魁女所嘔吐出來的什物。而這愛情終於使人從污與穢中掙脫出來，得以完成救贖。

總括以上所述，我自己竟不期然地笑了！這些書為什麼都是十九世紀以前的？也都是我中學時甚或小學時讀過的。這些書有一個共同的特色，就是純而淨。

一六一六年，我們這個世界有三顆文星殞落了：即作《羅密歐與茱麗葉》的莎士比亞、作《唐吉訶德》的塞萬提斯、作《牡丹亭》的湯顯祖。他們這三大文星的如椽巨筆，揮灑了不朽的愛情詩篇。但是，莎士比亞的巧安排，似乎不像真事；而湯顯祖的「死又可以生，生又可以死」也不似在人間；還是以唐吉訶德的純而淨卻並未發生的愛情故事做為代表罷！

二〇〇六年一月二十二日於香港容氣軒

注入歷史

——在科學與人文之外

臺灣東海大學中文系的三位學者，編了一本文集，二〇〇五年出版，叫做《海納百川》，並有一副題：「知性散文作品選」。書中收有我的散文〈「鐵達尼號」上的真故事〉，也收有一篇曹亮吉談論畢氏定理的文章。蒙書局寄贈一本，得以讀到該書，流覽了曹所寫的有關勾股弦的歷史文獻。

原來在上下古今三百七十家有關畢氏定理的不同證法之中，曹提到了幾個特別的例子：比如印度人的、達文西的，以及中國的等。我不由想起初中三年級時在臺灣教科書上所學的傳了兩千多年的證法，也就是歐幾里得《幾何原本》中所用的。我是十四歲時學的，卻記得非常清楚。

歐幾里得的古法即是在勾股弦的三邊各做一正方形，這已是加添九條線了。還要再做三條輔助線，共十二條，方能證出 $a^2+b^2=c^2$。而其中有一加菲爾德法只加四條，變成梯形，可以巧妙地證出。於是我想起加菲爾德 (James Garfield) 不是美國最短命的總統嗎？美國選出來的總統，真是各行各業的各種出身，杜魯門是賣領帶的，雷根是演電影的，而加菲爾德是數學家。他由當選到被刺身亡，不到一年的總統命罷！

這幾年，我因為看了很多愛因斯坦的傳記，才知道愛氏在十二歲時，曾創過一畢氏定理的證法。也就是以一條輔助線，用相似定理證了出來。這個方法比歐幾里得的典型證法簡單得太多了。

這三百七十家證法是全球各種文明所顯示出來的智慧，巧還是拙，我們不易比較。但就所加輔助線的數目而論，愛因斯坦只用一條輔助線的方法自然是第一。而加菲爾德的證法，用了四條輔助線。就簡單而論，或者僅次於愛氏證法，要考第二了！

這三百七十家的證法最少有三百七十個故事，雖彼此不一定有何相干，卻由畢氏定理串了起來。至少我對此感興趣。這不是單獨的科學，也不是單獨的人文。如想要溝通

司諾 (C. P. Snow) 所說的科學與人文兩種文化，是不是需要注入這些歷史？

二〇〇六年二月十日於香港容氣軒

敲門

我上次說到哈佛老校長巴克對學生的叮嚀：「敲教授的門，不要怕羞，有問題就問！」

我真的去敲韓南教授 (Patrick Hanan) 的門了。現在已不記得是為什麼而去，手上還拿著家裡剛寄來的一包書。韓南那時有個辦公室在樓下，我問完了問題，出了門向左一拐就進了燕京圖書館。坐了幾分鐘才想起竟然把那堆書忘在韓南的辦公室。我趕快跑回去，祕書說：「他去找你了。」我又往大樓中間的樓梯一路向上衝去，只見他拎著我那袋書，笑吟吟地走下來。道：

"You are too young to be forgetful."

"I'm practicing to be an absent-minded professor—slam the wife, kiss the door."

一向有著英國紳士風采的韓南教授，也忍不住站在樓梯上哈哈大笑起來。

有一次，我又去敲宇文所安教授 (Stephen Owen) 的門，他開門見山就說：「唐詩第一，清詩第二，宋詩第三。」我們一見面就談詩。也不知敲過多少次門，談過多少古代詩詞了。我跟他的意見略有不同，大致方向卻一樣。我也愛清詩，但更愛的是清詞。

清初的納蘭性德、清末的王國維、清中葉的吳蘋香，都是不世出的詞家。納蘭性德的《飲水詞》與王國維的《苕華詞》，至今大家都在念。蘋香，是字，她名叫吳藻，知道的人雖少，卻是大家。比如她的〈浣溪沙〉：

一卷〈離騷〉一卷經，十年心事十年燈。芭蕉葉上聽秋聲。

欲哭不成翻強笑，遣愁無奈學忘情。誤人枉自說聰明。

原來她並未老大即已嫁作商人婦，因婚姻不幸而生的那種寂寞，化為千古絕唱。

且聽〈酷相思〉的下半闋：

薄紙窗兒寒似水，一陣陣，風敲碎。已坐到纖纖殘月墜。
有夢也應該睡，無夢也應該睡。

寫「偏不寐」的失眠，在詞上開出了新境，可以說是女的李後主了。而這闋詞用的是仄韻。我們想起蘇東坡的〈念奴嬌〉大江東去，又想起李易安的〈聲聲慢〉尋尋覓覓。他們都是用仄韻，但一則氣魄因用仄韻而雄偉，一則氣韻因用仄韻而玲瓏，吳蘋香之作，在有清一代，與納蘭容若及王靜安鼎足而三矣。

可惜，吳藻作品太少，譯為英文太不易傳其精神。我的博士論文最後還是分析清詩；但一想起吳藻的詞，好像看到滿天星斗，忽又化為滿紙寂然。

二〇〇六年四月於香港容氣軒

浴佛節的儒家解釋

佛誕在陰曆的四月八日，今年落在陽曆五月五日星期五。大中華地區可能只有香港與澳門放假一天，令人歡喜。傳說佛祖出世時有九龍吐水，金盆沐浴，所以許多信佛的人在這一天參加香湯浴佛的儀式。在我，浴佛節則有個很特別的儒家解釋。

住在新界，常常想起文天祥來。啟德的宋王臺、大埔的文氏祠堂不用說了。當年文天祥與陸秀夫、小皇帝退到零丁洋時捨舟登陸，與皇崗有關係嗎？見到孔廟，文官下轎，武將落馬，以示尊敬，落馬洲是這個意思嗎？

陸秀夫背著小皇帝蹈海，文天祥在五坡嶺被俘，解往燕京。身雖向北而心如磁針無時不南。他先至廣州，而過梅嶺；而贛州，而吉州；而隆興，而建康，而揚州；再過淮，再渡河，如此離大都更近了。他想念空坑一役中被虜去的妻女，以及只有十一歲的幼子，為他們寫下〈六歌〉來，其中一首是專為這幼子所唱的：

有子有子風骨殊，釋氏抱送徐卿雛。
四月八日摩尼珠，榴花犀錢絡繡襦。
蘭湯百沸香似酥，欻隨飛電飄泥塗。
汝兄十二騎鯨魚，汝今知在三歲無。
嗚呼四歌兮歌以吁，燈前老我明月孤。

這幼子名佛生，因為生在四月八日的佛誕日。當時親朋祝賀嬰兒滿月，有「洗兒會」的習俗。文天祥把浴佛與洗兒合起來寫，以蘭湯百沸的珍重對比日後飄墮泥塗的痛惜。佛生本是釋迦手中的珠子，卻在押解途中失了蹤，所以文天祥哀嚎：你哥哥十二歲就死了，而你三年已無音信，不死而何？

孔曰的成仁，孟曰的取義，文天祥於彼時彼地一一化為行動。九七以後，我每到此日，不免悲從中來，但一想及香港乃文天祥北行的起點，又轉為欣然。

二〇〇六年五月十一日於香港容氣軒

激情與摯愛
——梵谷的傳及自傳

梵谷 (Vincent van Gogh) 生於一八五三年，卒於一八九〇年，只活了三十七歲。雖然是一個不世出的畫家，作了兩千多幅畫，已有些出人意料；而他給弟弟提奧竟寫了幾百封那麼詳盡而細膩的信，則更令人意外了。

史東 (Irving Stone) 為梵谷在一九三〇年代所寫的傳記小說，幾十年來與他所寫的《米開蘭基羅傳》及《傑克倫敦傳》等皆轟動一時。而史東夫婦合編的《梵谷自傳》(*Dear Theo: The Autobiography of Vincent van Gogh*) 我是最近才看到。這本自傳，不是傳主本人所寫的，而每句每段卻又是出自傳主的手筆，也就是直接來自梵谷給他弟弟的信。史東夫婦這種編法確是別出心裁，而結果是別開了生面。

梵谷的繪畫生涯才十年，而這十年中生活全靠乃弟，不只是日常家用，而且包括了顏料、畫布的細事。沒有提奧，可以說不會有梵谷。梵谷用槍自殺後，不到一年提奧也死了。畫只賣了一幅，倒是提奧之妻，把好多畫及好多信完完整整地保存下來，這真是對人類文明的大貢獻。

在這本剪裁適宜的「自傳」裡，我從後面的五分之一看起，也就是他描寫自己在聖雷米瘋人院的那個小房間：灰綠的壁紙、破舊的桌椅以及裝了鐵柵的窗，與透過鐵窗空隙所看到的外面的園子，園外的麥田與麥田上初昇的太陽，在有限的視野中訴說生命的激情。

在給弟弟的信中，他細緻地描述他所畫的：深紫的鳶尾、淺紫的丁香、長春藤纏著的大樹的根。畫了一張再畫一張。醫生准許他走遠一點時，他就畫絲柏、麥田、橄欖樹林以及晦明交錯中光的變幻。

他有兩支筆罷，有時是畫眼前景物，有時是寫心中洞天。我好像跟著他剛進入瘋人院的小屋，忽然又掙脫而出室外的野地，他的畫竟沒有一幅是畫框框得住的。

我閉起眼來，不看書中所附的畫，也不看書上他向弟弟形容的句子。豈不知有更狂的回憶波濤洶湧而來。

是多年前，我還在哈佛求學的時候，就在開學那一天，忽然知道大都會美術館有個梵谷特展。怎麼能不去看！麻州的劍橋到紐約，坐飛機再遠也不遠。我就從哈佛直奔羅根機場了。那時坐東方航空公司的飛機比坐公共汽車或地鐵還省事，直接登機，在機上再買票。東方航空公司座落在羅根機場的第一座航廈，與紐約世貿大樓是同一位日本建築師設計的。

到紐約跳下飛機，怎麼到美術館的都忘了。進了梵谷特展館，只感到自己的幸福。這可能是世界上的首次，至少在我是生平第一次看到梵谷專題展，所展的是梵谷在世最後一年的作品，共計有八十五幅。他的畫，我在幽靜城讀藝術史時多少接觸過一些；波士頓美術館雖是常去，但梵谷多半也是與其他印象派或後期印象派的畫作擺在一起。至於巴黎奧塞我去過兩次，也不曾這樣令人震撼得要發瘋。

四面一望，有油畫，有水彩，有素描。我的眼睛一下就被〈星夜〉吸引住了，不覺走向前去看。那感覺只有三個字可以形容：我想死！這幅畫曾見之於書籍、海報、明信片，不知凡幾。以為自己見的次數太多，已經麻木，事實卻是在真跡面前，並不似預想的那樣，而只想頂禮膜拜，只想感謝造物主依祂自己的形象來造人，人才可能創此傑作來彰顯創世的大能。那一刻我明白了為什麼孔子說：「朝聞道，夕死可矣！」那種力量是來自梵谷的筆觸嗎？顏料是血，畫筆是鑿，他在帆布的岩石上開天闢地。囚室的窗竟成了夜的眼，在天幕上幻出火球的星星、風輪的雲朵、漩渦的屋頂與火焰的絲柏。只有在萬象森然、萬籟俱寂的時刻，禁錮的心得以開放，得以飛奔到宇宙的邊緣，畫出這樣狂野的夢。一百年後的我站在這畫前，不知何時流下淚來。

當天看完了梵谷的展覽，我又即時坐飛機趕回學校，誰也不知道我沒上課，卻是來回跑了一趟紐約。很多年後，我實在忍不住，告訴了宇文所安教授當時我缺了席及缺席的原因，是有些抱歉的意思。他愣了一下，輕輕對我說：「那不只是激情，而是摯愛。」(It's not just a passion; It's a devotion.)

由於梵谷這本自傳的書，回憶到我紐約一天來回去看特展的瘋狂。我自然也想到另外一位畫家，就是我的母親。她一生都在畫畫的激情與摯愛中，也許與偉大的梵谷有一種共同的命運：都是一生中只賣出了一張畫。

母親與梵谷不同的地方，當然更多。梵谷死後有知音弗雷 (Roger Fry) 為他爭辯，為他爭取；有知己史東，為他做了傳記，再編自傳。我媽媽已逝世六年，還沒有這些死後的知遇。我找出媽媽的一幅春耕圖，畫題是「日出而作」。

不再是為梵谷，而是為寂寞的媽媽哭了。

二〇〇六年母親節於香港容氣軒

杏林子與霍金

到臺灣義守大學的管理學院及成功大學的醫學院去講演，而我們是學工學文的人。是通識人文教育的題中應有之義嗎？我是談去德國烏爾姆為愛因斯坦過一百二十五歲生日的一些見聞；陳先生則是講霍金的奇點之奇與黑洞不黑。因為霍金有一個別號，是「今日的愛因斯坦」。

成大醫學院這場是叫「醫學人文通識講座」。講後就與成大的教授和大夫在學院的餐廳一起吃晚飯。做主人的副院長送給我一個杯子做紀念，是醫學中心特製的，鶯歌的陶藝。

他說：「上面的圖案用的是一位建築師的水彩畫『性靈』。」二十來人的寒暄聲，此起彼伏，我聽不清楚，趕忙打開小盒子來看。白杯子上滿滿畫的是黑色的樹，樹上點綴著黃色與褐色的圓圈；應該是果實了。啊！我明白了。原來說的是「杏林」——杏樹之林。

杏林的下方，沿著杯底，印著一行英文字。大意是：

我會秉著良知與尊嚴行醫；病人的健康是我首先要考慮的因素。

這是醫者的誓言。

說起杏林，在座的大夫與教授都以各種口音說是醫界，也有人更提起「杏林春暖」的成語。我想起小時候所住小城的醫生之家中，也常掛著這樣的匾額，但卻沒有什麼人究其來源。很難不想起三年前去世的杏林子劉俠來。

劉俠在散文集《杏林小記》中提到，自己是陝西扶風人，傳說扶風從前有一位仁醫，看病不收錢，病人治好了，只需在醫生門前種一棵杏樹以代診金。不久，杏樹即蔚然成林了！她想自己既與仁醫同鄉，又整天進出醫院，就以「杏林子」為筆名，一筆一筆吃力地寫下她對生命的頌讚。

回港後，不知為什麼，我一會兒想起杏林子，一會兒想起霍金。可能因為二人都是得了不能治的病，而他們的作為及成就卻使人在驚奇之後驚歎，在欽佩之餘欽服。

霍金是在二十歲左右忽現肌肉萎縮，杏林子則是在十二歲突罹類風溼關節炎。病雖不同，而特徵卻相似，就是頭腦不受影響，身體卻逐漸癱瘓。霍金與杏林子同生於一九四二年——那全地球糜爛於戰火的一年。他們二人同歲倒是我偶然的一大發現。

杏林子得病時小學剛畢業，從此成了醫院的常客。五十年來，但以苦修自遣。而其文簡淨，自成風格，把身體的殘障竟化為文章的特點。霍金呢？以廣義相對論為起點，把數學當作日常語言，悠遊於洪荒之中，探索宇宙的未來。行有餘力，寫了本家喻戶曉的《時間簡史》。兩人均是陷於絕望的深淵之中，而他們的字典裡就是沒有「絕望」這兩個字。使我們慚愧與敬慕的心情，只有意會，無可言傳了。

二〇〇六年六月於香港容氣軒

如霧如謎
——看歐本海默的一生

遲至今年的六月底，我在舊金山機場入美國境時才看到歐本海默這本新傳，是四版的平裝本了，仍然厚得像一塊磚。書什麼時候得的普立茲獎？我的驚喜真是來得太遲了。我曾看過歐本海默兩本較薄的傳記，對於歐本海默其人的印象是看時眼前像一團霧，看後心中如一個謎。

轉機時中間的時間相當長，自然走進機場書店。怎麼知道一走進去，當眼一本書的封面就是歐本海默的照片，戴著他的招牌帽，叼著他的招牌煙。書名是《美國的普羅米修斯》(*American Prometheus*)，還有個副題：「歐本海默的勝利與悲劇」(The Triumph and Tragedy of J. Robert Oppenheimer)。我翻了翻，連注解與索引共有七百多頁，正文足足六百頁。我想起了楊振寧幾年前曾提過派斯正在寫歐本海默的傳記。派斯即是替愛因斯坦作傳的那位派斯，但他不久前已去世，大概派斯的歐本海默傳必須由他人代補了。

這本傳記有兩位作者，勃德 (Kai Bird) 與謝爾溫 (Martin J. Sherwin)，他們二人都另有著作，討論廣島原子彈對後世的影響。而這本書的合作，歷時二十五年。電腦時代還有人慢慢琢磨歷史的問題竟耗時如是之久，使人非常感動。我立即買了。

這幾年涉獵科學家的傳記，越來越感覺有滋味，尤其量子力學的一些舉足輕重的人物，在閱讀過程中常見歐本海默的大名，知道他很有人文修養，會多國語言，又喜歡寫詩。當然最重要的是他領導曼哈坦計畫，製成了原子彈，後因忠誠被懷疑而不能留在原子能委員會的事件。總的印象是複雜而又凌亂，神祕至於離奇。

原來歐本海默是一九二五年哈佛畢業的，也可以說是比我早七十年的學長了，後來他在量子力學的研究中心——德國的哥廷根大學拿到博士學位。戰後的一九四七年哈佛又頒了榮譽博士學位給他。在這本書裡，我也知道霍金所講的黑洞，實際上是在歐本海默與他學生合寫的論文中首先提出來的，雖然他們沒有用「黑洞」這一術語。論文發表的時間是一九三九年九月一日。傳記作者說大家可能更記得這是希特勒入侵波蘭，歐戰開始的日子。如果黑洞是二十一世紀最重要的科學題目，那也該從這一年算起。但這樣重要的論文卻被人忽略了。他們兩人的計算只成了數學上的好奇而已。直到一九七〇年代，天文的觀察證實了黑洞的存在，大家才發現歐氏的論文在數學上正確描畫出黑洞的坍塌。這本傳記對此問題已有了詳盡的考證，這也是歐氏在科學上最重要的貢獻。

至於說到歐本海默的家裡，一兒一女，女兒自殺了，兒子做了木匠。從前的未婚妻與後來的妻子，不是接近極左勢力，就是共產黨員，唯一的弟弟也參加了共產黨。國會聽證之後，對他的判詞是：「忠誠而危險。」兩詞似乎是矛盾，但也許真是事出有因，而查無實據的結果了。我還要細讀這本傳記。

二〇〇六年七月九日於波士頓

漫談宋人筆記

大概很多人喜歡王國維在詩詞上的「隔」與「不隔」之論。所謂很多人，當然也包括我自己。本來嘛！不說月光而說桂華，豈非故意繞彎子？王國維知其然，卻未說出所以然來。

我是在陸游的《老學庵筆記》中，於不經意中得到了相當滿意的答案。陸游在這本筆記中曰：「草必稱『王孫』，梅必稱『驛使』，月必稱『望舒』，山水必稱『清暉』。」故意用替代字，也就是換一個名，是否有時令人不解，甚至誤解？陸游卻很清楚地說明，這是因為「風尚」。他認為「風尚」是誰也敵不過的。當時流行的話是「《文選》爛，秀才半」，大家一窩蜂念《昭明文選》，所以代詞流行。我們現在知道，誰又抗得了時髦？

陸游為抒情抒鬱，留下了一萬首詩，而他的說理說事，則多在筆記中。所以我愛看筆記。不只是《老學庵》，什麼《夢溪筆談》、《東坡志林》、《鶴林玉露》，我都愛看，有些故事固引人深思，有些更引人大笑。

十年前，我在臺灣買了一本《容齋隨筆》，封面上印著「毛澤東終生(身)珍愛的書」，封底又印著「毛澤東生前要讀的最後一部書」。看見這廣告詞，順手就買了，沒有注意到是白話版。不是文言原文與白話譯文的對照版，而是從頭到尾自己分類編排的全部白話文。先找我熟識的題目，卻發現此書把韓愈的「採於山，美可茹；釣於水，鮮可食」這十二個字翻成了白話，竟成了囉哩囉嗦的五十多個字。後面引的歐陽修的〈醉翁亭記〉一小段，白話譯文竟有一百多字。全書的譯者非常多，最可怕的是連所引唐詩宋詞都譯成白話，只有不忍卒讀了。

今年暑假在北京看到一本《容齋隨筆》，印得很好看，封面上還寫著「經典珍藏版」，又立即買下。回港後才打開看，更失望了。這個版本是原文與白話並列，而原文並未照印，反易為簡字。隨筆的作者容齋名洪邁，他的哥哥洪适官至宰相，是哈佛燕京那位洪業的先祖，此「适」字現在是「適」的簡字，胡「適」成了胡「适」，而洪适也就不見了。

如此繁簡字亂攪在一起，費事而不討好，所為何來！

《容齋隨筆》就是毛澤東在延安時代即帶在手邊的書。那是乾隆年間重刊的掃葉山房本，已伴他三十多年了。而臨死時還要新印大字本，因為毛患眼疾，小字看不清。該年，即一九七六的八月三十一日，專門為他印的幾部大字本送到中南海，但他不能看了，還有九天，即去見馬克思矣。毛與馬克思也不會談到《容齋隨筆》罷。為他準備的原文大字本，也許仍在菊香書屋擺著呢。我們海峽兩岸的老百姓只能讀這種作風雖不同而鹵莽滅裂則一的胡翻亂印的書嗎？

二〇〇六年九月於香港容氣軒

四維的範式轉移

近來印在報端的新聞或傳到耳際的報道，總是有個非常熟悉的四字成語——禮義廉恥。我在臺灣讀小學時就已經知道的了。因為那時所有小學的校訓都是這四個字，一進校門口就看到。老師講過，這四個字是管子說的，管子是兩千年前的人。

我在哈佛上研究院時，因研究吳梅村，曾經讀過很多與梅村同時代的人的作品。顧炎武的五古與吳梅村的七古，同樣令人著迷；我也由顧的集子中讀到了他的〈廉恥〉。恥是「會當臨絕頂」的泰山之巔，於是禮義廉，自然變成「一覽眾山小」了。

那是一九八幾年罷。文化大革命結束也已十年了，而哈佛有一門通識的課，就叫「文化大革命」，選修的人竟有七、八百人。一位教授講課，卻有幾十位助教，學生都想知道文革究竟是怎麼回事。毛澤東與兩千年前的秦始皇扯關係，毛的詩中有一句「焚坑事業要商量」，焚書坑儒，他稱為事業，還要商量，總有些說不順口罷！於是他又找出一千多年前柳子厚的〈封建論〉來為文革壯膽撐腰。

而在柳宗元集子裡，〈封建論〉之後就是〈四維論〉，立時看到柳宗元對四維的看法了。柳子厚在〈四維論〉中說：

> 管子以禮義廉恥為四維，吾疑非管子之言。吾見其有二維，未見其所以為四。夫廉為不蔽惡者，豈不以蔽惡為不義而去之乎？夫恥為不苟得者，豈不以苟得為不義而不為乎？然則廉與恥，義之小節也，不得與義抗而為維。

管子又說：「一維絕則傾，二維絕則危，三維絕則覆，四維絕則滅，若義之絕，則廉與恥果存乎？」所以柳宗元認為只有二維，並無四維。只要有禮與義，就把廉與恥包含在內了。

幾百年後，顧亭林提出的「無恥論」是更簡潔的論點：人而無恥，還談什麼禮義廉呢！

總之，無論管子、柳子，還是顧子所解說的四維，總是手指頭向上的。而我此時又聽到一則順口溜：

一身豬狗熊，
兩眼勢利錢；
三絕吹拍騙，
四維禮義廉。

我不知這是何所指，也不知這是何自來。禮義廉恥，經這兩千年來的範式改變後，仍巍然而立，總是有什麼基本存在的理由罷。

二〇〇六年十月於香港容氣軒

不信出自同一人

《洛麗塔》(*Lolita*) 是納博科夫 (Vladimir Nabokov) 一九五五年出版的小說，我很晚才在美國看的。而後出的《俄國文學講話》(*Lectures on Russian Literature*) 倒是先看過。那是納氏在美國大學教書時的講義。內容主要是闡釋十九世紀的俄國小說。他介紹與批評俄國小說的極盛時代，真是清晰得至於美麗，是文學批評的罕有之作。與他的《洛麗塔》相比，怎麼會是出自同一個人的手筆？

最近又有些類似的經驗。

白居易批評小謝，也就是謝朓的詩：「餘霞散成綺，澄江靜如練。」說他：「麗則麗矣，吾不知其所諷焉，故僕所謂嘲風雪，弄花草而已，文意盡去矣。」白居易這類話，實在是俗到家了，不是這句話形式的俗，而是這主張內容的俗。既承認該詩句的麗，為什麼總在「不知其所諷焉」的思想上打轉呢？

可是，白最膾炙人口的小詩：「綠螘新醅酒，紅泥小火爐。」其聲之自然有如天籟，但又是「諷」了什麼呢？詩必具諷義，出自樂天之口，實在是可惜可憾。可見白居易是詩人，而不是文學批評家。

於是又想起那位力倡要「言之有物」及「不用對偶」的白話詩人胡適之所寫的詩，及他所提倡的文學理論，也有這類問題出現。比如，「大膽的假設，小心的求證」多麼簡明扼要，但是這種對仗既美，平仄又諧，有如詩作的名句，不是與胡適的不用對偶的主張，正相違背嗎？

胡適又有作品曰：「拆爛污，就有人會遭瘟；放野火，就有人給燒死。」又是令人擊節的白話對偶，胡適又一次的自相矛盾。

我小時在臺灣，經常看見他所寫的他自己的早年名言，以明信片印出的。他在這張明信片上寫著：「要那麼收穫，先那麼栽。」又在另一張明信片上寫著：「有幾分證據，說幾分話。」這兩則單獨的詩句，我一向拿來律己或自勵。近日忽看到內地出版的一本考據書，說這兩句原是胡適早年自擬的對聯。可這是白話的對聯，多工整啊！而在他晚年，為什麼總要分開來寫呢？為了符合他早年的〈文學改良芻議〉嗎？

胡適與白居易，可說是或新或舊的詩人，而並非文學批評家。毛澤東恐怕也屬這類。毛的詩與詞，皆可朗朗上口，但〈延安文藝座談會講話〉，只是難圓之說，無麗又無美的空洞口號而已！

二〇〇六年十二月於香港容氣軒

天陰人鬱

三年前，在德國認識了一對藝術家夫婦。保羅 (Paul) 拉小提琴，卡桑德拉 (Cassandra) 畫畫。

我從來不覺得電郵給我帶來多少方便，即使有，也不是像蓋茨所說的那麼重要。可是，自從與保羅和卡桑德拉互通電郵之後，他們所住法國南部的卡芒 (Camon) 的確變得近了。想起我們中國的詩句，不知是誰作的，也忘了是在哪裡看到的：

別後寄詩能慰我，
似逃空谷聽人聲。

上個星期，我又接到卡桑德拉的電郵：

「元方，我現在在廚房裡作畫，因為畫室太冷了。我正在畫的是一銀製的香檳酒壺，還有舊火爐上面擺的一些器皿。我不知道你有沒有看過一個地方像我家一樣，說的全是過時的、一百年前的一九〇〇年代的法國。也可以說我們是為舊世紀所包圍。我很快會把這幅畫寄給你看，如果畫得好的話。」

她隨信附上了另一張畫，題曰：“Anne Marie Doilie”，說是今年初冬新畫的。我一看，是瓶花：用銀鑞製的咖啡壺當作花瓶，裡面插的卻是乾花。壺下是一塊鈎針鈎的小墊子，與花後白窗簾蕾絲的飾邊互相映襯。我可以想像她作畫時是如何沉迷於那些形與色，而最後聚焦在那一把乾花的細線與殘紅。

卡桑德拉的電郵常給我帶來法國南部的陽光，好像用她的筆撥開我心天的雲翳。而這幅靜物畫的標題為什麼看起來像一堆人名，有什麼典故呢？

卡桑德拉回覆我說：

「保羅現在正拉琴，空出了電腦，所以我可以坐下來寫信給你。我們的『陽光普照的南法』，這幾天都籠罩在又溼又冷的霧中，天陰、人鬱。只有爐裡的一點小火，日夜在燒。

「那幅畫的題目是：“Anne Marie’s Doily”（安瑪麗的小墊子），其實應該叫『安瑪麗的禮物』，因為咖啡壺下的小墊子，是她所送的。

「安瑪麗是個古董商，保羅從她那裡買過一些樂譜。後來又在幾次『閣樓拍賣』中遇上而成了朋友。法國的『閣樓拍賣』，就如『破爛拍賣』之在麻州，『庭院拍賣』之於加州。

「我想透過我的畫，給你介紹我的鄰居，這樣你就認識他們了。我們正賣房，不是現在住的，而是二十年前買的一間小房。想把它賣了，再到山裡去買一間。這裡的汽車和遊人是越來越多了。」保羅與卡桑德拉來自加州，也到過麻州，離開那裡大概就為的是躲越來越多的車與人罷。

「你說的山是什麼山呢？」我又問。

「庇里牛斯山！我現在正望著它那積雪的山巔。」

我關上電腦，雖未聽到保羅的提琴聲，還似乎看見卡桑德拉的畫。兩位藝術家俱是回到二、三百年前的古典。而我的思緒卻飄到八世紀的詩句——

明日隔山岳，
世事兩茫茫。

二○○七年二月於香港容氣軒

巨人的矛盾

報載俄國學者蔡登什努爾努力了五十年，研究托爾斯泰的手稿。憑著筆跡、墨水及所用紙張的變化，整理出《戰爭與和平》的「原版」。而英國的一家出版社也將於四月推出英譯本。

二月底看到這個消息，就非常不舒服。我當然假設這位「原版」的俄國研究者與英國的出版商，都是誠實的人；也假定這個消息的任何環節都不存在欺騙的狀況。即使如此，我仍以為發現「原版」的《戰爭與和平》，是很不值得提倡，很沒有意思的一件事。

托爾斯泰是非常不易明白的一個人，他的作品更不易明白。他早年的思想與晚年的，不用說不同，根本是矛盾的。他與妻子的關係，到臨死時更是矛盾。這些故實為大家所深知，現在從他的二巨著《戰爭與和平》以及《安娜・卡列尼娜》說起，因為從這個山頭瞭望那個山頭，我們可能看得比較清楚。

《戰爭與和平》一八六九年出版單行本。當時的屠格涅夫讚歎其集敘事詩、歷史小說與風俗志之大成，獨樹一幟。福樓拜則說「此人比美莎士比亞，此人就是莎士比亞」；更不用說日後的羅曼羅蘭，視《戰爭與和平》為一部偉大的史詩，並為托氏辛勤作傳了。

《戰爭與和平》完成之後，就是《安娜・卡列尼娜》的寫作了。《安娜・卡列尼娜》也有個原版，托爾斯泰只用了一個多月就寫完了。不過，他不滿意，又花了多少倍的「一個多月」來修改，改了十次以上，四年有餘。據說廢稿就有一公尺之高，真是我們所謂的著作等身了。

這一次則是杜斯妥也夫斯基大加推崇，尊稱托爾斯泰為藝術之神，而《安娜・卡列尼娜》為歐洲第一的作品。

然而，作品一經面世，就不再屬於原作者，也可以說作品出生時，「作家已死」。在托爾斯泰，尤其如此。加上《復活》，他的三大長篇巨著，托氏到了晚年，總是後悔再三。自己感慨於「這些百萬字的小說究竟為何而作，為誰而寫」？懊惱之餘，只用砍柴補鞋以為懺悔，只給農夫及兒童寫些談神講愛的故事。晚年的他完全是另一個人了。這也是舉世所詳悉的。

托爾斯泰前半生與後半生的矛盾，其慘烈倒有一比，非常像後來的愛因斯坦。愛氏的後半生是麻醉於政治之中，只想做個水管工人以糊口，羞看原子雲的冒起，怕想那個質與能的公式。

一個是藝術巨匠，一個是科學大師，而他們自己的矛盾與前後的不一致，卻又驚人的相似，跟在後面的後知後覺又能何所論辯，或何所作為？蔡登什努爾努力五十年，實在只能說是可憐復可憫，近乎愚昧而已。

二〇〇七年三月於香港容氣軒

沒有時間的世界

在沙田的一家書店裡有不少用玻璃紙包裝的小書。封面封底上的圖與字雖都看得清清楚楚，可是翻不開，無法瀏覽書的內容。在這林林總總、紅紅綠綠的書的叢藪中，我總是先看這類小書的封底或封面。

近日遇到一本這樣的書，書名是：*A World Without Time: The Forgotten Legacy of Gödel and Einstein*（《沒有時間的世界：哥德爾與愛因斯坦被人忘了的遺產》），是《發現》(*Discover*) 雜誌登過而後成集的暢銷書。

> 哥德爾有關「時間」的結論，是大家當時所幾乎忽略了的，可是作者尤格羅 (Palle Yourgrau) 在這本書裡激烈反應了。

這是《紐約客》對此小書的評介，印在封面的下半；而封面的上半呢，是常見到的哥德爾與愛因斯坦的合照。中間還有個鐘，鐘面數字一應俱全，就是沒有針；時針、分針、秒針，一概俱無；當然象徵的是「沒有時間的世界」。

至於封底的介紹隔了玻璃紙，也看得很清楚。譯成中文是這樣：

一九四二年，邏輯學家哥德爾與愛因斯坦成了好朋友。他們每天散步來往於兩人的寄寓與辦公室之間，談些有關科學、哲學、政治，與過去德國科學世界的事，他們兩人都是在那個世界長大的。到了一九四九年，哥德爾提出了一個了不起的證明：根據廣義相對論所描述的任何宇宙，時間都是不可能存在的。這個結果愛因斯坦無法反駁，只是勉強認可，半世紀以來，既無人能證明，也無其他人能反駁。更精彩的是：自是之後，並無事發生。不論是宇宙學家，還是哲學家，他們繼續自己的研究，好像哥德爾的發現未曾存在過。在這本《沒有時間的世界》裡，尤格羅重建哥德爾的歷史地位，講出兩位偉大心靈的故事。

這被當時的科學時尚所束之於高閣，而今從隱晦不明中救出他們一起完成的燦爛作品的歷程。

尤格羅是誰呢？他是布蘭岱斯大學的哲學講座教授。這所大學也在劍橋附近，我去過，哲學系很有名。

我因為好奇，想知道沒有時間的世界究竟是什麼意思，趕快把書買了。拆了玻璃紙，有更大的發現，從一開始小書的序中見到我們中國哲學家王浩之名，以及嗣後多處引用他的話語。

一九七一與一九七二年之間，王浩與哥德爾在每隔雙週的星期三，定期聊天。尤格羅一再詢問王浩有關哥德爾的種種觀念，王浩有問必答；可是關於「時間」的問題，王浩卻不曾與哥德爾討論。他日後也為此深感遺憾。哥德爾與愛因斯坦早在上一世紀相繼無影無蹤矣，而王浩突逝於紐約街頭也已有年了。

我曾譯過萊特曼所寫《愛因斯坦的夢》。有一夢「沒有過去」，也就沒有記憶；又有一夢「沒有未來」，也就沒有期盼。如今看來，豈非應多一夢「沒有現在」呢？

二〇〇七年四月六日於香港容氣軒

死在威尼斯

聽說維斯康堤根據湯馬斯曼的《死在威尼斯》(*Death in Venice*)而拍攝的同名電影，已不止一二十年了，但始終無緣一看。原書呢，倒看過幾遍。當然都是翻譯的，或是英文，或是中文。香港今年的國際電影節，有一「懷念維斯康堤」的影展，竟也有這一部片，自然是趕快訂票，早赴影場。

放映的地點是香港科學館演講廳。演講廳不大，上座只有六七成，等待的時間打開說明書來看。維斯康堤說過一句話：「我拍這部片子，是一直等到自己的思想成熟，經驗累積，可以面對湯馬斯曼小說中的故事之後。」我很愛這句話的氣味：醇而帶苦，苦後有甘。在目前這個電影已成了擴大的電子遊戲的時代，居然仍有這麼多人來看昔時的名片已屬不易了。

原書的主角奧森巴赫是作家，內容參考了湯馬斯曼在威尼斯度假種種，其所影射的對象可能是湯馬斯曼自己；而維斯康堤把奧森巴赫改為音樂家外，又用馬勒的交響曲作電影的配樂。其餘的情節跟原著則是跟得很緊的。

電影開始不久，百無聊賴的奧森巴赫在旅館大廳中用眼神捕捉了波蘭少年的美之後，我就看著男主角狄保加第衣著整齊地走在威尼斯狹窄彎曲的迷離巷弄之間，在瘟疫的恐懼之中，在死神的陰影之下，用眼睛追蹤、探索、凝視有如阿當尼斯般美的化身。他純白的衫褲在腐爛的空氣裡似乎一點一點地變灰了。我從不忍、到不願、到不敢往下看，但仍要從指縫中緊盯著銀幕。這時感到椎心刺骨的痛。

等到奧森巴赫在垂死的城中染髮、理鬚、整容、化妝，再在胸口放上一朵鮮紅的玫瑰時，我所感到的是恐怖。那烏髮、那紅唇，那修補了的顏面彷彿死後大殮時的遺容，慘不忍睹。那一往情深與一廂情願的耽溺其中，哪裡還有年紀的大或小的差異，或者性別的異與同的區分！

追逐美的過程猶如一首詩，追逐美的結局是竟以身殉。凝望著少年投向海天之際的優美手勢，奧森巴赫的表情與動作倏然而止。蒸騰的熱氣中黑色的染髮劑混著汗水沿髮際流下，而雙唇似血。

在德國的小說傳統中，歌德這棵大樹的巨影似乎早已覆蓋了大地。少年時都有維特的情結，老年時也不免歌德的風流：歌德在七十多歲的高齡向十七歲的少女求婚。這種風流除了將沉的夕陽苦戀著稚嫩的芳草以外，還有什麼更好的解釋？在湯馬斯曼或維斯康堤看來，當威尼斯成了污穢不堪的地獄時，作家或音樂家自己絕對地視而不見，聽而不聞。他在地獄門前，不是放下，而是升起了無窮的希望。現實中，那當然是死了。藝術把死亡化為永生，湯馬斯曼用小說，維斯康堤用電影來實現尼采的一句名言：「人生是痛苦的，只有通過藝術才能使人忍受。」

二〇〇七年五月於香港容氣軒

《猛虎集》與對稱

最近在一書店裡與徐志摩的詩集——《猛虎集》不期而遇。是內地一家出版社在二〇〇六年據原版重印的小書。既未重排，故無增刪；是百分之百一九三一年上海新月書店發行的，自然是直排的正體字，讓人看了舒服。

書一開首，是徐志摩的自序，他說《猛虎集》是他的第三本詩集。第一本叫做《志摩的詩》，第二本叫做《翡冷翠的一夜》。所謂第三本，就是生前最後一本。他再沒有機會自編自寫詩集了。

一九三一年的八月《猛虎集》出版。九月十八日，日本佔領東三省。九一八事變後過了兩個整月的十一月十九日下午，詩人乘飛機在濟南上空遭大霧，撞山遇難。

這些都是早已知道的了，看《猛虎集》不免想起：他等飛機時不停串門去看朋友，朋友不在就留下便條，那種惶然、茫然、無所定也無所止的樣子，最終付與烈焰與火光。

但在讀這本小書時，不意卻發現了一件從前未曾留意的事實：就是書中四十來首詩中，約有五分之一，也就是八篇，是譯詩。除了〈在不知名的道旁〉是印度詩外，他譯了布萊克的〈猛虎〉、女詩人羅塞蒂的〈歌〉、阿諾德的〈誄詞〉、哈代的〈八十六歲誕日自述〉、〈對月〉、〈一個星期〉，還有波德萊爾的〈死屍〉。原來徐志摩在作詩的年代，同時譯詩。但原作者的名字寫在詩題的括弧裡，從頭至尾並無一「譯」字。我中學時初讀《猛虎集》，完全不記得有譯詩這回事，還以為所有的詩都是他作的。

早期的譯者不論中外，多屬大作家，中國亦是如此。不過，名家譯品也不免有誤會之處。茲舉〈猛虎〉為例。這首詩有六節，每節四行，首尾兩節幾乎完全重複，第一節的原詩是這樣的：

The Tiger

Tiger! Tiger! burning bright

In the forests of the night,
What immortal hand or eye,
Could frame thy fearful symmetry?

而最後一節只有一個字不同，就是結尾的"Could"變成了"Dare"。

徐志摩把這四句譯成這樣：

猛虎，猛虎，火焰似的燒紅
在深夜的莽叢，
何等神明的巨眼或是手
能擘畫你的駭人的雄厚？

而全詩最後一句則譯成：膽敢擘畫你的驚人的雄厚？

詩人把"symmetry"這個字譯成了「雄厚」，除了「厚」與「手」押韻以外，簡直沒有任何理由用這種彼此完全不相干的譯法。何況"symmetry"是全詩的題眼，布萊克所讚美的是夜森林中猛虎的對稱的雙眼，一片黝黑裡只能看到射出來的其灼如炬的光。這絕不是譯成「雄厚」所可傳達的。

徐志摩以此詩題作詩集之名，自然是喜歡此詩，但顯然錯失了「對稱」之義。書的封面是聞一多設計的，黃底黑條，取自虎紋，恐怕也失落了布萊克「對稱」的本義。名家的譯品與畫作竟粗疏如此，倒使我非常意外。

二〇〇七年六月於香港容氣軒

詩人與譯家

香港中文大學的劉殿爵教授是中國古典文學的大譯家，他把《論語》、《孟子》、《道德經》等譯成英文，蓋有年矣。而在大中華地區，他的中英對照本不僅銷於香港、臺灣及內地，而且一版再版多次重印，主要是銷於新加坡。這豈不是「禮失而求諸野」的典型例子嗎？

新加坡如何利用英譯來輔助中國經典的教學，我不詳知，但在香港買他英譯的中國經典，也有好多次了。他的英譯真是特別用心而負責，尤其翻譯中的解釋，把歷來的研究，不僅廣泛搜羅，而且就以經典甲篇之語注解同書丁篇中再現之詞，恐怕也是獨創的貢獻。

我高中時在臺北一女中讀書，每天往來於總統府旁的學校與現在忠孝東路四段附近的宿舍，公車單程要一個鐘頭，車身顛簸，不能看書，只有背書了。我的《論語》和《孟子》差不多就是這樣背下來的。最近與朋友談天，說及「群居終日，言不及義，好行小慧，難矣哉！」他說「飽食終日，無所用心，難矣哉！」這兩個孔子也無辦法的「難矣哉」，正是說的今日的網路網站罷。我記不清楚是「惠」，還是「慧」，趕快查劉的譯文，原來是「慧」，意思是耍小聰明。我從前讀經典，要看中文評注，現在可以從英譯來幫助理解正文。"Petty Cleverness" 自然是「小慧」了！

劉教授二十世紀、五十年代起就在英國，而近三十年則在中大，其餘可以說我是一無所知。最近看黃坤堯的《香港詩詞論稿》，才知道了劉教授的家世，其尊翁是劉景堂(1887–1963)。劉景堂是介乎魯迅與胡適之間的人。魯與胡自然是以新文學而著名，劉氏卻是早年移民香港的番禺人氏。魯、胡有些詩更近打油，劉則完全是古典，但三位絕對都是詩人。三人的古典舊詩，我都愛讀。

劉景堂過世前一年的一九六二，還有這樣的詩句：

有限年光增是減，
無何日飲主兼賓。

「增是減」的有限人生端視從生年或卒年算起。這縱不是愛因斯坦的相對論，也是伽利略的相對論了。「主兼賓」的獨飲該是李白的對月對影成三人了。尺幅千里，是大手筆。怎麼能說舊詩已死了呢？

劉景堂一九一六年為紀念莎士比亞三百年忌日寫了一首詩。英國漢學家翟理斯(Herbert Giles) 還把這詩譯成了英文。這是把威士忌裝到茅臺瓶了：

偶因天籟發長吟，海外流傳咳唾音。
當日陽春難屬和，祇今黃絹費追尋。
語多諷世能移俗，曲妙登場見苦心。
三百年來成絕調，五洲人共仰高岑。

譯家劉殿爵原來是詩人劉景堂之幼子。家學淵源，其來有自，固然是偶讀中的新發現，可是，我更高興的是久存於心中的看法再一次得到闡明：基於文言的舊詩不必盡廢，基於白話的新詩不能專行。

二〇〇七年七月於香港容氣軒

徐訏百年

七月在波士頓的一晚，我們與鄰居好友安妮到湖邊的那家「合法的海鮮」去吃魚與龍蝦。回程時轉到柯立治街角時，已是十一點了。忽然看見「布魯克蘭書匠鋪」前是一條孩子與大人的長龍，三人幾乎同時大喊起來：「啊！是等哈利波特新書開售的罷！」

望過去，整條哈佛街上燈火通明，小吃店、服裝店都未打烊，電影院剛散場，湧出更多人來。安妮說：「唉呀！路上太擠了，車子轉不過去。」只好踩著油門依然往前開。都快到家了，她又說：「不行！還是得轉回去瞧瞧熱鬧！」於是，不由分說轉了一個大U字彎，開回哈佛街，開過那家書鋪。像是檢閱了等候午夜開售哈利波特新書的人群，我們又同時大笑起來。

奇怪！就是有那麼多人有那麼大勁兒。連安妮都以回車一轉表達了她的興奮。很快回到我們寓所。在門口與安妮道了晚安，我與陳先生卻仍無倦意，談論著哈利波特的熱鬧，竟同時想起徐訏來。他曾經見過徐訏一次，但是在臺，而非在港。我當然是不認識，而也這麼熟悉徐訏，可能是不知為什麼小時屏東的家中，存有大量的《兒童樂園》、《今日世界》什麼的。我與二妹不搶《兒童樂園》，專搶《今日世界》上連載的《江湖行》來看，所以印象深刻。後來又讀到彭歌的文章，說《風蕭蕭》在《掃蕩報》上連載時，重慶的渡江輪上，幾乎人手一紙……

說得高興，我很容易就在如山積的藏書裡，翻出一本小書來。是因我的藏書屬於亂中有序罷。《徐訏二三事》，是徐訏一九八〇年逝世後，爾雅出版社的隱地為表達尊敬與懷念之意而印的。從〈鬼戀〉到〈盲戀〉，從〈荒謬的英法海峽〉到〈吉布賽的誘惑〉，他都如數家珍。對另一篇比較寫實的作品〈離婚〉，更是條分縷析。

忽然陳先生大嚷起來：「徐訏是民國前四年生的，今年是二〇〇七，不論怎麼算法，今年或明年，他是一百歲了！」他好像有了大發現似的，而從這裡又引出新的意見。

「當我們歎息現在的年輕人幾乎全是上網發表言論，但太多是胡扯、亂寫與轉抄，表達不出自己想要表達的意念或感情。閱讀七大部哈利波特系列至少使少男少女暫時離開網與機，而也看看書。至少百萬字看下來，等於受了範文寫作訓練。」

從前看徐訏，不記得是哪一本書上的，有這樣的詞句：「流星滿天，流螢滿野。」讓人沉吟良久：兩個流字、兩個滿字，用得多漂亮。所以我也覺得學中文，如果多看看徐訏的作品，至少可以文從字順些。

二〇〇七還有半年，或二〇〇八，我們不應該紀念一下徐訏的百歲誕辰嗎？看看這位寂寞到可憐的南來過客，就是罵他，也算「世皆曰殺亦知音」罷。

二〇〇七年八月十二日於香港容氣軒

張愛玲的迷糊

張愛玲一九三九年在香港大學上一年級時，看到上海的《西風》雜誌徵文，毅然去應徵，所寫就是〈我的天才夢〉。在今天看來，她得第一根本是必然的。寫出那最後一句：「生命是一襲華美的袍，爬滿了蝨子。」還不是天才嗎？《西風》雜誌也評為第一，而且通知了她。名利雙得，她當然要向同學說說。但過了些時日，第一卻另有其人，而她卻變成第末。後來徵文結集出版卻仍用她的題目《天才夢》。不要說是她應得的五百法幣沒有了，就是名也變成了同學所同情的難堪：「怎麼回事？」張的感覺則是「倒更難堪了」。

二十世紀六十年代以降，張愛玲的作品像煙火似的，在臺灣的夜空裡爆出了一片燦爛，家裡講、學校中講、社會上也講，講了三十年以後，臺灣的《中國時報》聘請各方文藝碩彥，把第十七屆的「特別成就獎」頒給了她。這是一九九四年，也就是她去世的前一年。

這花絮令人振奮，大家都覺得這獎她應得，雖然來遲了。於是照例要寫一「得獎感言」。張不但沒有照例寫一些應酬的話，反而是寫她五十多年前那次《西風》徵文所受的委屈。這一頭一尾的兩篇文章：〈我的天才夢〉和〈憶西風〉分別收在較後重印的張的文集中。

張愛玲說她的短文〈我的天才夢〉，「寄到已經是孤島的上海。沒稿紙，用普通信箋，只好點點字數。受五百字的限制，改了又改，一遍遍數得頭昏腦脹。務必要刪成四百九十多個字，少了也不甘心」。她又接著說，那另有其人的作品是三千餘字云云。

張幾十年來忘不了這種侮辱。一言以蔽之，《西風》徵文之事是一「騙局」而已。不過，發生在中國，也沒有什麼好驚異的了。所以，這第二次的「得獎感言」是針對《西風》徵文所受的委屈的洩憤之辭。

張說，《西風》徵文的限制是五百字，而她刪成四百九十多個字。顯然是記錯了。我替她數了數，她的〈天才夢〉，連標點是一千三百多字，跟她所記憶的五百字限制竟差了一千字左右。雖然有人考證《西風》徵文原件所限字數是五千字，當然五千字也不是五百字。她這種迷糊正與她在〈天才夢〉中所寫的作風差不多：「我天天乘黃包車上醫院去打針，接連三個月，仍然不認識那條路。」其迷糊不是很一致嗎？

但是迷糊成性也好，記憶出錯也好，那少女的痛楚卻是真真實實的，經過了五十年的坎坷歲月仍是如此劇烈！那麼，她逝世前的不吃不喝，幾乎不與任何人來往，是不是這個創傷的延續呢？

張與港大無緣，與香港無緣，與美國無緣；總之，與人間無緣。天才不過一夢而已。上下左右爬滿了蝨子，又哪裡有華美的袍？令人只能憐惜，只有歎息。

二〇〇七年九月六日於香港容氣軒

秋的韻律

是十月十二日的清晨，我們在家裡吃早餐的同時，看報紙。「萊辛是誰？-Lessing，今年的諾貝爾文學獎得主。」他問。

「是 Doris 嗎？」我的答案。

「她生在伊朗，但父母是英國人，今年已八十七歲，大概是生在一九一九年，五四運動那一年。」他繼續說。

「我從前看過她幾篇短篇小說，可是內容都想不起來了。有人說她是女性主義作家，她自己絕不承認。最近因為有學生跟我做女性主義和翻譯的論文，比如說起吳爾芙啦！說康寧漢啦！我成長於女性多的家庭背景，知道自己絕對有一個女性的視角，但好像也不是女性主義，所以很想知道女性主義的定義。」

「因為萊辛生在一個地方，長在另一個地方，她對『分裂的文明』之研究特別有興趣！」他又念報了。

「又因為『分裂的文明』這個名詞，我想起了布寧 (Ivan Bunin,1870–1953)。他是俄國第一個諾貝爾文學獎的得主，下半生卻流亡在英國。也可以說他一生的前後半分別活在不同的文明中。不是也可說成是分裂的文明嗎？」我彷彿回憶似的說下去。

「那麼你為什麼忽然看起布寧的作品呢？」他追問。

「因為我曾在報上看到臺灣一位畫家的畫，畫很甜，也美。是兩幅春與夏的長條，春的背景是一片紫花，花中有一牧童在吹笛；夏的背景是一池荷葉，葉中有一女孩在採蓮罷。也許還有秋與冬，可是報上沒有登，還是畫家沒有畫？結果是一樣，我看不到秋與冬。

「繼而一想，臺灣的秋，或者南方的秋，既不大會有紅葉，甚至不大會有落葉，更不會有枯葉，那麼畫什麼才是秋呢？

「於是我又想，在南方秋天不易畫，也不易寫了！」

當然我想起「秋士悲」這一傳統，從宋玉的「悲哉！秋之為氣也」，到曹丕的〈燕歌行〉、阮籍的〈詠懷〉、杜甫的〈秋興〉、歐陽修的〈秋聲賦〉、王國維的秋光詞等，與魯迅的〈秋夜〉、林語堂的〈秋天的況味〉、豐子愷的〈秋〉等。搜集得多了，看看郁達夫如何寫秋，可能是南洋的秋罷，結果非常失望，原來郁達夫所寫的仍是北方的秋。

「有一天，我找到布寧的名作。題目只有一個字，就是〈秋〉。看完了全篇，竟然沒有什麼秋天的景或物，而最後竟是一篇不應該談戀愛的兩人的戀愛故事。開始是兩心相屬，結尾是不問前途。

「布寧是在俄國革命以後逃到英國去的，是很像納博科夫之逃到美國。納博科夫到美國後的掙扎與成功，可說家喻戶曉。他俄文好，法文好，英文也好。每年總嚷嚷要得諾貝爾文學獎了，而始終未得。

「可是布寧的作品，題目與文章兩不相干，但簡單而又明白，激烈卻又自然。大家雖然對布寧的批評是小文學家一名，但他確實是一九三三年的諾貝爾文學獎得主。」

我們吃完了早餐，去學校罷。

二〇〇七年十月十二日於香港容氣軒

秋的變奏

在〈秋的韻律〉中，我所聽到的作家的聲音是相當單一的調子。〈秋夜〉的作者魯迅寫「牆外有兩株樹，一株是棗樹，還有一株也是棗樹」，那是北京的寫實，在南方的郁達夫所寫的卻是對北方的回憶。並不是南方沒有秋天，而是南方沒有滿天的秋風與滿山的紅葉，豈僅郁達夫等人寫不出秋來，就是魯迅，到了廈門，也只有寫《朝花夕拾》了。到處尋覓秋蹤，竟找到俄人布寧所寫的〈秋〉來。

布寧的〈秋〉看了半天，那淡淡的甜美，有如夢境，彷彿是回憶，甚至是作者自身的回憶。但整篇小說卻無一個「秋」字。我喜歡起布寧來，但布寧是誰呢？

一上網立時見到他是第一位得諾貝爾文學獎的俄國人，我就不再看了。諾貝爾文學獎對我而言，已有反作用。就因為我既愛馬克吐溫，又愛歐亨利，他們都是榜上不見的，而連寫出《安娜・卡列尼娜》的托爾斯泰也榜上無名，這就更不用看那個榜了。可巧這三位大文豪都死在一九一〇年，諾貝爾的文學榜已經有十位得主，你又知道誰？遑論他們的作品！由於我這種偏見，不求有知於布寧者，竟達兩、三年。

暑假在波士頓看了一部法國電影，是根據勞倫斯 (D. H. Lawrence) 的《查泰萊夫人的情人》第二版而拍攝的。可能因為全片用法語，主角也是法國人，攝影再美，也覺不對勁。失望之餘，回來看勞倫斯的書。沒有想到布寧的短篇小說代表作《來自三藩市的紳士》，英譯竟出自勞倫斯之手。因為喜歡勞倫斯的譯作，又重拾對布寧的興趣。

布寧家大業大，是大地主，又廣蓄奴，但他的祖父與父親卻把家業揮霍殆盡。布寧原是高爾基的朋友，與高爾基不同者，是在俄國革命後，他往南邊跑，從莫斯科搬到黑海邊的敖德薩。一九一九年搭上最後一班法國船，在蔚藍海岸的香水之都葛哈斯定居下來。

一九三三年布寧得文學獎時是六十三歲，希特勒已經上臺，他到斯德哥爾摩領獎時道經德國而被納粹拘留，強灌他喝了一瓶蓖麻油才放行。

住在納粹佔領下的法國，聽說他曾在自己葛哈斯的住家藏匿過一個猶太人。他在一九五三年逝世於巴黎，活了八十三歲。

布寧得獎以後，又過了四分之一世紀，才有一九五八年巴斯特納克因《齊瓦哥醫生》而得獎。在蘇聯境內，史達林時代，文人自殺的自殺，被殺的被殺，活著的只有聽令把筆，遵命為文了。

我倒是非常欣賞布寧的毅然南下。三十幾年後他客死異國，一生中只寫過三本評論：一本托爾斯泰，兩本契可夫。他寫過昔時朋友高爾基嗎？

二〇〇七年十一月九日於香港容氣軒

非「刺客的哲學」

不久前在大學書店裡看到一本大英文書 *Lend Me Your Ears*，厚如字典。固然因為作者的名字薩費爾 (William Safire) 是在《紐約時報》常見的「老朋友」了；更因為其中的一篇文章，是甘迺迪總統打算在達拉斯演講的稿子。為了看這未曾發表的演講，買來這本大書。

甘迺迪一九六〇年就任總統，到一九六三年他為了競選連任，就從上一次並未得票的地方開始，所以打算於十一月二十二日在達拉斯的交易市場，向德州人描畫他若繼任總統國家的遠景為何。而車行至中途，突然遇刺，懷中所揣的演講稿，自然沒有機會說了。行刺的殺手立時被逮，凶嫌的名字是奧斯華 (Lee Harvey Oswald)。

前些天看英文報，才知道押解奧斯華進進出出的兩位達拉斯警局的便衣警探，到今年一位已八十歲，另一位八十三歲了，行刺已是四十多年前的事。他們說，人人都知道把奧斯華從市政府轉送到縣立監獄，其時間與地點，報紙和電視都說得清清楚楚。於是市政府的地下室擁擠不堪，而此時突然有刺客近距離射殺了奧斯華。這個刺客叫魯比(Jack Ruby)，當然他立時遭捕。前天是總統被刺，今天是刺總統的凶嫌被刺，均在現場於電視上一一映現！全世界的人都看到了。

魯比在當地經營一家夜總會，警探根本認識他，因而問他說：「你為什麼要這樣做？」魯比答曰：「我不忍見賈桂琳為此而必須出庭作證，苦上加苦。」賈桂琳在審訊過程中，一定要出庭，所以魯比打死了奧斯華，而他因此要受審。

我看這篇警探的訪問想起了麥金萊總統 (William Mckinley) 被刺而死的事件。一九〇一年九月，剛連任的麥金萊，上任只有幾個月，就到紐約的水牛城去參加泛美博覽會，推銷他的保守政策。刺客就在等待與總統握手的群眾之中，向總統開了兩槍，八日後因此而死。凶手受審時慷慨陳詞：「我向總統開槍，是為工人，且為一般平民之故。我對自己所犯下的罪行並不感到抱歉，更無所悔。這就是所有我要說的話。」他最終被判坐電椅的極刑。

刺客皆認為自己正義在躬，替天行道，故無一不是理直氣壯，把對方的生命與自己的生命同時斷送。這兩個總統之被刺，凶手各有理由，我們又怎麼解釋這些歷史呢？麥金萊總統之死或不死，與甘迺迪總統之死或不死，史家總認為不論對美國或對世界，所生的影響均可說是空前劇烈。而這種自以為是的臆想，由自己付諸行動，同時把自己毀滅於其中的刺客哲學實在恐怖！什麼社會都容不下這類哲學！自古已然，於今尤烈，更何況我們所在的地球村是越來越小。

二〇〇七年十二月九日於香港容氣軒

餘音

——和而不同

四年前應邀去德國南部的烏爾姆城為愛因斯坦過一百二十五歲的生日。我想見的舒曼、萊特曼都沒有去，而我沒有想到的是在晚宴上認識了愛因斯坦的重孫保羅及重孫媳婦卡桑德拉。就是一餐的工夫，卻談天、談心、談他們的曾祖父母愛因斯坦與米列娃。會期易過，他們回長住的法國小城卡芒，我回香港。

卡桑德拉寄了一張卡芒的明信片給我。大概藝術家難免糊塗，沒有貼足郵票，明信片在路上足足跑了兩個月。自是而後，我們在網路空間來往，就只用電郵了。

這四年來，卡桑德拉總是想約我去米列娃的故鄉——塞爾維亞的諾威薩德，去訪那邊的一個大學校園，看看物理系為米列娃所樹立的雕像。他們更想為米列娃舉辦一場音樂會來紀念她。卡桑德拉說：「因為米列娃鋼琴彈得很好，當年愛因斯坦拉小提琴時，都是她伴奏。」卡桑德拉又說，如果能在諾威薩德看到我，不知會有多高興！她一定要拍個小影片，把保羅曾祖母那邊的親戚全找來，米列娃還有許多表兄弟姐妹的後人在那裡，其中有一位開了一家米列娃博物館。她說如果我知道米列娃的真故事，我一定會喜歡她。她也相信我最後一定會為米列娃作傳的。是嗎？

之後卡桑德拉介紹一本書給我，譯成中文是《米列娃與愛因斯坦：他們的愛情及科學上的合作》(*Mileva & Albert Einstein: Their Love and Scientific Collaboration*)。在標題上擺明「科學上的合作」，直指一九〇五年狹義相對論的發現。書的作者是塞爾維亞人克里斯提克 (Dord Krstić)。卡桑德拉說這是英譯本，我有機會看看塞爾維亞人的觀點了。

每接到卡桑德拉的電郵，常跟著就接到保羅的，不僅獨立發揮他的言論，而且說理清澈、語氣溫柔。他說克里斯提克所寫的傳記有一兩點他不同意，他會跟克氏談談。他不是隨便看幾段、幾章，而是一行一行仔細地讀過。

長信的內容大致翻譯如下：

親愛的元方：

書上有些段落總會使人想要去批評愛因斯坦的性格，而我相信那些是不正確的，主要的是並沒有足夠的事實讓人重視他的說法。愛因斯坦顯然有一點喜怒無常，甚至可以說是藝術家型的個性，但他溫和而節制。這一般是猶太文化傳統的特色，即強有力的自制與經常的自省。幽默更是其中一環。

愛因斯坦口齒伶俐，善於諷刺挖苦，但他絕不會放縱自己有任何粗野的行為。他甚至做到吃素而絕不飲酒。這事實與他的不穿襪子，也不去瑞士的醫院看兒子可能皆與他自己的健康有關，因他多年來有嚴重的心血管疾病。為了健康而活動受限，也許可以解釋他後半生與家人的關係。這病需要避免情緒上的壓力，何況他大量使用「自然」療法。他三十七歲時曾經大病一場，原因可歸之於工作太多與吃得太壞——油太多，咖啡太多，煙也抽得太多。

我相信米列娃與愛因斯坦婚姻生活之不順，至於離婚。這種情況在今日很普遍，雖然令人失望，有時更是悲劇。這書有一種暗示，屬於駭人聽聞之類，也許並不是出於作者的故意。

最近，我讀到我父親去看他的祖父的一些紀事，就在宓正所寫的那本物理小書上，在我父親為宓正的書所作的序裡。我相信父親所寫的才真正透露出了愛因斯坦的個性。你會看到愛因斯坦那種強烈到近乎僧侶般沉思的工作倫理。你會看到他的自我訓練遠超於常人，如果你讀過那篇序的話。我父親所寫的我的祖父與曾祖父真正的為人，其實很接近或相似，而對我來說，則是太熟悉了。他的生活常規包括教學、研究、寫作、演奏、練習以及揚帆出海。年去年來，年年如是。

……

愛因斯坦這個人，與瑣碎、幼稚、簡單、愚笨是絕緣的。有時興高采烈：的確是的。有時會犯錯誤：也屬當然。但說他是殘忍又粗魯的男子或丈夫：這是胡說，絕不可能。

提到相對性：對人下道德判斷時，特別是在印刷出的文字中，我們首先需要看看這些人的整體行為，然後反躬自問：誰訂的標準？為什麼？怎麼訂的？從什麼觀點，而且是歷史中的什麼時代所訂的？

保羅的最後一句話是：「這封信現在真的是太長了。」

今年，又快到愛因斯坦一百二十九歲的生日了。卡桑德拉約了我四年去米列娃的塞爾維亞，還沒有去成，倒把他們二位邀來臺灣了。保羅與卡桑德拉會從卡芒飛阿姆斯特丹，待上一夜，直飛臺北。我真想擁抱這兩位四年不見的好朋友，明天我們也要飛臺北去與他們相聚。

保羅與卡桑德拉，都是藝術家。對他們曾祖父母愛因斯坦與米列娃的看法卻如此不同；且不疾不徐地各說各話。我看完了她的信，又看他的信。我能說些什麼呢？他們是如此溫和地表達自己的意見。是我們中國的「和而不同」嗎？

我們對於愛因斯坦這樣一個人的如此一生，也許只有一句話，那就是我們讚揚孔子的話了：「高山仰止。」但這句話也可以說是保羅對他曾祖父的觀點，卻不是愛因斯坦自己的觀點。愛因斯坦說：“Let every man be respected as an individual and no man idealized.”那麼我們就可以理解卡桑德拉從女性觀點為米列娃所作的辯護了。

二〇〇八年三月六日於香港容氣軒

萊辛的貓
——談到屠格涅夫的狗

大概是一年多前罷，在臺灣看到彭倩文所譯的萊辛的《特別的貓》。當時已覺得萊辛真是大作家。一口氣看完，又後悔，覺得故事慘到如此，又很難忘記，倒不如不看。

最近讀到劉紹銘評該書之譯名。他看到的是內地轉印、彭氏所譯同一本書的廣告。該書的英文原名為 *Particularly Cats and More Cats*，劉著重於 "particular" 與 "particularly" 的區別，建議改為「特別是貓」，與原文比較接近。「特別的貓」很容易誤解成只說一隻貓。書中所述，不僅不是一隻，而且不是幾隻，而是萊辛一生所經歷過的各種不同的貓。如照書名直譯，應是「特別說貓，與更多的貓」。也許太長了。林紓如譯此書，極可能是「貓說」，又太像古文了。不如就譯為「特別說貓」，或者可以曲達原意。譯事之難，由此可見一斑了。

萊辛不論是在德黑蘭，或在羅德西亞，還是回到倫敦，一家大小均是以養貓愛貓開始，而以失貓殺貓告終。人貓之間，或貓貓之間的種種關聯或矛盾：諸如母貓咬死自己每一胎所生的六隻之中的頭一隻，又如家貓被野貓勾引，家貓失蹤；或野貓原是家貓，歸來成了不識，非殺不可；或誤殺後而又認出等不一而足，可以說是集複雜之大成。至於看萊辛寫貓的發情、爭寵、鬥智、對老鼠的「懶得理你」的態度，景象歷歷，如在目前。她不疾不徐地述說平生忘不了的那許多貓。好像為牠們一一立傳。有人說這本貓書是輕鬆小品，其實是以此寄託她的歡欣與痛苦，驚心而動魄都不足以形容，怎麼會輕鬆？

由萊辛的「特別說貓」的故事裡殺了太多的貓，使人震撼與不忍，我記得在看完後忽然想起屠格涅夫的中篇小說〈木木〉來。

我所讀的〈木木〉，也是中文，為巴金所譯，一九五二年出版。我以前並沒有讀過，雖然我對屠格涅夫之作，無論中英譯本，蒐羅俱全，閱讀多次；可是從未讀過〈木木〉。好像是巴金逝世前後，出版了《巴金譯文選集》，我才讀到。〈木木〉是該書的第一篇。寫一個家奴，也許就是屠格涅夫的家；而女主人，也許就是他母親。看完以後，變得不能睡了。一合眼，就是那又聾又啞的家奴與叫做木木的小狗。

小說前半部，女主人的一句話就讓一酒鬼奪去了家奴心愛的女人；小說下半部，女主人的又一句話又要奪走家奴心愛的小狗。心愛的女人離去之日，正是小狗出現之時，這無聲的愛正是寄託。但這樣也不許，狗並不能留，於是與女人的生離變成了與小狗的死別。這個家奴親手把木木淹死在河裡，然後掉轉了頭。他聽不見木木落下的哀叫，也聽不見水花濺起的聲音。他無助地從莫斯科逃回鄉村，從此不近女人，不養狗。

巴金所譯屠格涅夫的《父與子》，不如麗尼所譯的《貴族之家》；他所譯的《王爾德童話》，又不夠細緻與美麗，也遠不如周作人用文言所譯的。唯獨這一篇，看出巴金譯筆之樸拙，反而顯出他的好處來。

二〇〇八年五月九日於香港容氣軒

田間小徑

「一尺之捶，日取其半，萬世不竭。」我上小學時，雖然不知這是莊子說的，卻也不覺得這句話有什麼難懂。爸爸對著我說完了，並寫下一串數字：

$$\frac{1}{2}+\frac{1}{4}+\frac{1}{8}+\frac{1}{16}+\cdots<1$$

學物理的爸爸，什麼都愛用數學公式來表示。他寫好了這個式子並解釋說：右邊這個1是一尺，左邊這一串相加的分數意謂著日取其半，而中間這「小於」的符號，也就表示萬世不竭了。萬世無論是多長、多久，總之是不竭。我剛學過分數，聽了爸爸的話，快樂得直跳。

我又想起在學校裡，老師講過舉槍打鳥的問題，就問爸爸：「樹上有十隻鳥，呼的一聲槍響，打下了一隻，樹上還剩幾隻？」

他說：「九隻。」

我說：「不對！不對！一隻都沒有了！老師說，聽到槍響，除了打死的那一隻，其餘的全都飛了啊！9–9=0，哈哈哈！」

爸爸說：「如果是數學題，10–1=9，樹上還有九隻。你老師問的哪是數學題？成了哲學題了。」

我辯不過爸爸，又不服氣，一覺醒來，就對爸爸說：

「那樹上的九隻鳥全是聾子，聽不見槍響。」拉上門，上學去了。

這小學時的事，歷歷如在目前。上到研究所，還不是在正課上，而是在威廉詹姆斯樓喝咖啡時聽一位同學說起芝諾 (Zeno, 450 B.C.) 的故事，也不知她是什麼系的。她說：「古希臘的芝諾並不把你們莊子的話用式子寫出來，而是說：你如用這種日走一半的方式，永遠到不了目的地。」我當時有如五雷轟頂，覺得不論是希臘哲人的說法，還是我們中國莊子的說法，都不免誘人去探討無窮與無限的論題，但畢竟有所不同。芝諾指的是完成或達到，不論是一生事業，還是一段旅程。雖然到不了目的地，但卻可能是非常接近目的地了。

我自然想起「功虧一簣」、「功敗垂成」那些成語來。當時，我真希望自己多懂一些數學，也許會有不同的理解。但對功敗垂成這類的表示法，並不覺得有什麼缺陷。而舉槍打鳥的問題，最令人激動的是不同的思想方式呈現出不同的心靈圖畫，可以是科學的，也可以是人文的。

檢驗這十多年來所寫的文字，有許多是有關科學的人文隨筆，因為不善於用數學的語言，而純粹用文字，縱是越來越接近科學，即使大部已在握，卻是永遠的可望而不可即。好像望到科學的繁華勝景，表面上看來也許很近，但未碰觸到的那一絲一縷，卻可能是更重要的。但這也沒有什麼關係，朝向科學這一目的地，有如穿過田間小徑，所行乃日取其半，所圖唯在接近而已。

這本集子，收的全是這類著作，主要是說兩個人：一個是十九世紀的麥克士韋，一個是二十世紀的愛因斯坦。兩百年中還有比他們更偉大的物理學家嗎？他們的科學成就，難道因我未能掌握數學而成永遠的不可即了嗎？此二人數理以外的傳記或書信，我看得相當多。他們經歷的人世風雨、表現的性格魅力，不是更令人神往嗎？所以我就對自己說，要探索他們的人文風采。所用的語言自是文字，而不是數學。但離開數學，如何去理解麥克士韋？不用數學，又如何去探求愛因斯坦？

我最早看的是小書，比如麥克士韋玩陀螺，比如愛因斯坦弄羅盤那些似乎不太重要的小故事；後來看坎貝爾與加內特為麥克士韋所寫的大傳，看越出越多的、各有重點與偏好的愛氏傳記。也去了兩個暑假的劍橋找到麥克士韋的詩，在愛因斯坦的出生地烏爾姆尋覓他家族的蹤跡。如此上天下地的追求都化成了字裡行間的探索。

此外，還要提的是麻省理工學院孔金甌教授在一九八九年所創辦的國際電磁學研究會議(Progress in Electromagnetics Research Symposium)。不知是不是麥克士韋方程美得像詩，所以孔教授為電磁學理論在現代的應用與發展建立了國際論壇。

第一次參加這國際電磁學研究會議，是一九九八年在法國南特召開的第九屆，我注意到統籌全局的孔教授行事鉅細靡遺，已到了不眠不休的程度。會場就是指揮中心，他幾乎全天候在此坐鎮。我們從布列塔尼往諾曼第訪聖米歇爾山頂寺院，中間所有協調上的細節，他都一一處理。後來我們到麻州劍橋的會議中發表論文，又注意到連訂多少桶咖啡都不是小事。當年咖啡一桶四百美金，小休時不能沒有，又不能超出預算，真是難為了巧婦。

我對愛因斯坦的追求，則始於一九九四年翻譯《愛因斯坦的夢》。最讓我惆悵的是這樣的段落：

在可以改變過去的世界裡，這些回憶是風中的麥浪，是飛逝的夢痕，是瞬息萬變的雲朵。事件，一發生，即失去了真象，而藉著一次回眸、一陣風雨、一段長夜而改變。

而最讓我震撼的是這樣的段落：

有著金髮藍眼的青春美麗的女兒，永遠不會停止她正在展現的這一朵嫣然笑靨，永遠不會失去她雙頰上柔和的玫瑰色光澤，永遠不會皺紋遍布，永遠不會滄桑滿臉。

可能嗎？在這個世界上，不論是誰，終將為時間所擊敗。但透過萊特曼如詩的小說來接近愛氏，得以從夢境所映照的現實經驗來略窺相對的世界。

我在千禧年劍橋的會議中發表了麥克士韋所寫的詩以後，孔教授對麥氏生平發生了極大的興趣，尤其是他的詩。二〇〇二年孔出版了 *Maxwell Equations*《麥克士韋方程》，在劍橋的會議中展出。全書共分五章，每一章的開頭都是有關麥克士韋的詩或話。孔金甌笑著對我說：「大家都喜歡我這種作法，這是受你的影響。」我在該屆所發表的論文，則是與陳先生合作的，題目是："Poetic and Scientific Representation of Infinity: A Wavelet Approach to the Impulse Function"，譯成中文，應是〈詩與科學在『無窮大』上的表現方式：以小波方法看脈衝函數〉。這無窮大的概念來自米列娃從海德堡寄給愛因斯坦的信，是我二千年翻譯的愛因斯坦與米列娃之間來往的五十四封情書之一：

我認為人之無能瞭解無限無窮這一觀念，不能歸咎於人類頭顱結構之過於簡單。人是一定可以瞭解無限的，如果在他年輕正發展感知能力的時候，容許他冒險進入宇宙，而不是把他禁錮在這地球上，甚至局限於窮鄉僻壤的四壁之中。如果一個人可以想像無窮的快樂究竟是多大快樂，他就會瞭解無限的空間究竟是多大空間——我想空間比快樂應該容易理解得多。

這封信煥發出米列娃逼人的青春，洋溢著驚世才華。而我對麥氏與愛氏的追索也開始有了交集。

二〇〇四年三月，我去了烏爾姆，去參加愛因斯坦一百二十五週年誕辰的慶典。小城中貼滿了愛氏的海報，處處飛揚著愛氏的旗幟。我看見以愛因斯坦為名的咖啡館，也看見他開玩笑吐舌頭的雕像。

去訪愛氏的出生地，火車站對面的舊址，已化為餐館，而且是兩家：樓下是麥當勞，樓上是熊貓中國餐館。麥當勞正在整修，我就上樓去吃些餛飩。熊貓的老闆是上海人，女侍是馬來西亞華僑。我問這位上海老闆，愛氏的青銅浮雕在哪裡？他說：「太簡單了，就在我們的大樓外。」

烏爾姆除了愛因斯坦本人、大教堂之外，還有一寶，就是麻雀。每年慶祝麻雀節，全城推出各種麻雀的創意雕塑。比如我在一個叫做「巴哈」的書店前，看到的是全身七彩音符的麻雀。而在一幼稚園裡看到的則是白頭髮、黑煙斗、兩個翅膀底下有 $E=MC^2$ 的方程式，就叫愛因斯坦麻雀。是節後留下來，最後落腳在此處的。這雕塑面對著美麗的多瑙河，許多小娃娃繞著它玩。

一個星期的停留，又看了一場歌劇，是世界首演，名曰《光的蹤跡》(*Trace of Light*)。劇自然是用德文唱，看見臺上打出字幕，好高興，以為是英文，居然又是德文。聽是聽不明白的了；看呢？舞臺上的布置是愛因斯坦在普林斯頓的家，他的書房。整個地板上堆的都是書，一落一落，像磚頭一樣。愛氏穿著他的招牌米色毛衣、肥灰褲子和咖啡色的鞋，真的沒有穿襪子。他一會兒拿起一本翻翻，一會兒又拿起另一本。恍惚之間真覺得舞臺上的演員就是愛因斯坦本人了。

劇情發展下去，舞臺上的人來來去去，我都不甚明白。但最後一幕又回到幕啟時愛因斯坦的書房。他坐在書堆中，眼神甚是茫然。忽然有兩個飛行員從舞臺兩邊上場，從他們飛翔的手勢、動作以及德文字幕可以猜出，他們就是在廣島以及長崎投下「小男孩」和「肥仔」原子彈的那兩位。我的腦中轟然而響，心裡倏然作動。那兩位飛行員沿著舞臺邊緣交錯飛行，而舞臺中心的愛氏的眼神則望向劇場深處，更加空茫起來。我想：原子彈就要爆炸了，怎麼辦？怎麼辦？我緊張得不得了。一方面因歷史上發生的災難而緊張，雖然早已知道結果；一方面不知舞臺上將如何表現。突然，原子彈爆炸了，舞臺最深處的白幕重演了爆炸時的剎那，蘑菇般的原子雲升起。說時遲，那時快，兩位飛行員從後向前，急跑著用白布遮蓋了遍布舞臺的書籍。此時，舞臺上一個人也沒有，只是一片廢墟。幕落。全場靜默。

這是在烏爾姆最感恐怖的經驗。我不能不佩服德國人選這齣新戲為紀念愛氏冥誕的節目之一，此中有公義與人道的矛盾，令人深思。我最高興的則是認識了愛因斯坦的曾孫保羅與曾孫媳卡桑德拉。卡桑德拉特別同情米列娃，可能因為我們都是女性，自有女性的視角，可以深刻感受到女人在才華與情愛之間掙扎的困境。卡桑德拉去過米列娃在諾威薩德的家鄉，遇上那邊的一些親友，見識到米列娃家族的宅第與勢派，認識了些傳記作者。這些傳記作者有自己的觀點，與英語世界的看法不同。我忍不住想：一個德國文化薰陶出來的猶太男子，與一個奧匈帝國治下培養出來的東正教女子有何共同之處呢？只知道多瑙河流經烏爾姆，也流經諾威薩德，最後從烏克蘭出海。烏爾姆的河水平靜而和緩，過了維也納就開始嗚咽，由此向東，一路咆哮下去。

同年六月，孔金甌來香港，我們三人在沙田潮江春吃晚飯，孔很興奮地邀請我〇五年到在杭州舉行的電磁波會議中講講麥克士韋的詩。因為論文已經發表過了，所以我沒有去。這幾年孔在杭州、劍橋兩邊跑，一年一次的會也差不多變成一年兩次。我們暑假回到劍橋，他多半在杭州，反而不容易見了。我也忙自己文學與翻譯的本行，沒有再參加電磁波的會議。不過今年又與陳先生合作了一篇論文：“Representation of Einstein's Relativity by Smith's Chart”，也許可以譯為：〈從史密斯圖看愛因斯坦的相對論〉；仍然繼續我們對麥氏與愛氏的追索。陳先生用數學，而我自然是從人文學者的觀點出發。

雖然不用數學式子，但在田間小徑上，與我所研究的科學人物，仍有各種各樣的遇合。時空似乎可以錯置，我隨時回到過去，彷彿旁觀，又依稀參與了其間的悲歡。只是不能干涉，也無從改變個中的因緣。至於科學的問題，可能只接近了一點，算是為莊子或芝諾的名言作一另類的解釋。

二〇〇八年六月六日於香港容氣軒

原為《田間小徑》自序

如箭如梭

潮平兩岸闊，風正一帆懸

近日幫陳先生整理手稿，在書堆中忽然發現一信，是陳先生二千年十一月從臺南成功大學傳真給中大一位教授的：

××兄，

因為今年的諾貝爾獎的獎者的貢獻屬電子方面，所以想及高錕校長之貢獻及一日本教授之貢獻，高校長之於光纖，日本教授（也不知日本名字）之於LED，均有在不久的未來有入選可能。

推薦高校長，我覺得我們該做一下。上次高校長之得馬可尼獎，我就為他在MIT找了六位光纖教授推薦，果然有成。

但事後，高校長把此事忘了。他曾去MIT演講（還未就中文大學校長前），但他對那六位教授連一個招呼也未打。貴人多忘事，當然難免。……寫推薦信是很費事的。有的他認識；有的他不認識。過路順便打個招呼總是應該的。

……

今接高校長來信，我覺得他的成就的確應予推薦諾貝爾獎。但我想找MIT那些教授恐怕有些困難了。所以商請　老兄，請你拿著這些文件，與楊振寧教授商議一下。因為凡是諾貝爾獎得主，一個人就可以推薦諾貝爾候選人。如果楊先生答應，那就一切其他的事就不必做了。而且我覺得獲獎的機會很大。

……

一九九九年十一月，我曾專訪楊教授於沙田帝都酒店。聊天時，我知道高校長之去中文大學掌校，楊先生也曾寫信推薦的。所以楊先生也知道高校長在光纖方面之貢獻。至於貢獻有多大，他如果想深一層知道，我可以寫得詳細些，當然這也要費一番工夫，目前大概尚不需要。

上週，我參加電子系三十週年慶，順道訪楊教授於他的辦公室，打算談高校長這件事，楊教授屋裡太多人，我又未事先有約，只是寒暄兩句而退了，沒有時間也無辦法提及高校長事。

……

陳之藩

我依稀想起十年前似乎有這樣一件事，收信人似乎也回了信，說明不方便推動的原因。其實，事早過，境已遷，本來也沒有什麼話好說，但是這封信就在高校長得獎的第二天自己跳出來，就當是為陳先生與高校長的人生做一註腳罷！

陳先生有此一提議，是因為二千年的諾貝爾物理學獎頒給了應用科學領域的人物，以高校長在光纖傳送上的發明，預示了全球通訊的新貌，足以為諾貝爾獎增添光彩。所謂文件，當是陳先生為高錕所撰的成就報告。

去年二月聯合書院出版的《聯合邁進》第二期，就是以中大電子系的成立與發展為主，訪問了創系的系主任高錕以及接高錕之後而來的陳之藩。高錕謙稱電子系的創立是中大首任校長李卓敏的意思，而陳之藩則說高錕為電子系打下了堅實的基礎，他自己的作為只是蕭規曹隨。後來陳先生因為不明白大學為什麼要四改三，而在一九八五年初去了美國的波士頓大學。信中提到的馬可尼獎，其提名推薦，是陳先生離港前發動，麻省理工學院的孔金甌教授奮力促成的。高錕成為一九八五年的馬可尼獎得主，第二年接掌中大。

馬可尼 (Guglielmo Marconi, 1874–1937) 就是那位發明無線電報系統的義大利物理學家，他百年誕辰時，女兒為紀念父親而成立基金會，頒獎予如馬可尼本人一樣，在通訊或資訊科技上有福至心靈的發現或創新的科學家。

陳先生放眼人類文明的演進，只做他認為重要的事，所以大度。高校長懶請專利，其胸襟足以與發現X光的倫琴 (Wilhelm Conrad Rontgen, 1845–1923) 和創建高能質子迴旋加速器的勞倫斯 (E. O. Lawrence, 1901–1958) 相媲美。其包容不及口舌之利，卻在無形中貫徹了伏爾泰終身服膺的信念：「我不同意你，但拼命維護你說話的權利。」這兩位電子系的前後系主任，在中大的風雨中瀟灑來去，其風範正是敬業樂業、腳踏實地的工程師。

小時候作文，好像誰都寫過「光陰似箭，日月如梭」的句子，而今高校長逐漸忘事，陳先生行動不便，孔教授英年早逝。看見高校長近乎傻氣的天真笑臉，是《孟子》「大人者」的最佳詮釋。我的一懷惆悵竟似多餘，不過為此如箭如梭的人生，留下微不足道的印痕而已。

二〇〇九年十月二十二日於香港容氣軒

2007 年高錕教授來訪，與陳之藩教授合攝於陳的辦公室

青與黃

——錢學森的心事

陳先生在他的一篇散文〈二十世紀的二十個人〉中說，二十世紀結束時，有許多媒體推出一百年來最重要的二十位科技人物，除了愛因斯坦、普朗克、居里夫人等，只有一位中國人，就是錢學森。理由是錢為中國的航天專家。為什麼這些媒體選了錢氏，而不是啟發他、教導他的恩師——航天與火箭方面的拓荒者馮卡門（Theodore von Kármán），我們不得而知；但知道馮卡門的自傳，一九六七年出版的 *The Wind and Beyond*（暫譯《風之外》）共有四十四短章，其中第三十八章，題曰〈赤色中國的錢博士〉（Dr. Tsien of Red China），就是專寫錢學森。為什麼在自傳中闢出一章寫別人的故事？馮卡門解釋說，是因為科學與政治與人類公義的問題。

馮卡門因錢氏於二戰中在美國火箭研究上的貢獻，而提名他加入美國空軍的科學顧

問團 (Scientific Advisory Group)，並在歐戰結束後帶他到德國去考察希特勒的科學祕密——有名的風洞，也一起去哥廷根盤問替納粹做事的普蘭道 (Ludwig Prandtl, 1875–1953)，也就是馮卡門自己的老師，他的論文指導教授。一九四七這一年，錢氏在麻省理工學院晉升為正教授。也是這一年，母親過世。自一九三五年考上庚款留美之後，十二年來他第一次返抵家門，探望父親。在給馮卡門的長信中，他提到了國民政府治下家鄉的貧窮與生活的悲慘，最後說到自己結了婚，就要帶新娘蔣英返美了。馮卡門認為錢學森當時是打算在美國繼續他的尖端研究的。

不久，錢氏應聘回到加州理工學院，同時致力於噴氣推進的研究。但他在第二年，即一九五〇年，因移民局以他為共產黨員而遭逮捕。坐監兩個星期之後，又被「軟禁」了五年，才在一九五五年以十一位美國戰俘為交換條件而回到中國大陸。

對這一件事，馮卡門的看法，毋寧說是感慨：背景調查與國家安全的問題，在上一世紀的五十年代，因麥卡錫的恐共已到了杯弓蛇影的地步。政府不能掌握未來發展的局面，所以會訂下愚蠢的法令，使人人自危。錢學森事件只是「獵巫」行動中一個悲劇而已。然而，事情真是這麼簡單、這麼清楚嗎？

張純如 (Iris Chang, 1968–2004) 一九九五年出版的 *Thread of the Silkworm*（中譯名：《中國飛彈之父錢學森之謎》），可以說是錢學森的一生比較完整的紀錄。她在美國與中國兩地，勤索檔案，多作訪談，補充了許多史料。

從一九四〇到一九五〇這十年間，錢學森參與各種軍方計畫，而在身分上一直得到特別的照顧。抗戰前期已學成的公費生錢氏沒歸國，而是由馮卡門替他求情，延長學生簽證的期限繼續做研究。日本偷襲珍珠港改變了美國的國情，馮卡門又為他申請安全許可證。他通過了背景調查，進入與國防有關的機密核心。前有火箭，後有導彈。一九四五年的德國之行，是國防部替他向移民局申請出境與再入境許可，並授予上校軍階。兩年後，他申請永久居留。一九四九年，大陸政權易手，他申請美國公民權。幾次關鍵時刻，在中美之間，他的選擇都是留在美國。

在當時美國政治的語境中，錢學森面對的是「忠誠與危險」的問題，是寧可犧牲學術自由，也不能危及國家安全的考量。由於愛因斯坦給羅斯福的一封信，而後有了曼哈坦計畫，但愛氏本人被摒棄在外；在歐本海默的籌劃領導下，世上爆發了第一顆原子彈，但歐氏自己被革出了原子能委員會。如果歐氏與愛氏都終老於普林斯頓的校園，錢學森也依然可以選擇留在帕撒迪納，在加州理工學院做非關國防機密的研究。

既然如此，錢學森為什麼又非回中國不可？他一輩子言不及私，內心的底蘊可能永無人知。可是他去國時拿的是中華民國護照，歸國時報效的是共產黨。這裡很難說沒有一些隱情，但也無從琢磨起。回顧他的一生，前半是專心致志的科學家，但並不能說是理想主義者。從事殺人武器的研發，似乎從未影響過他的心情。後半仍是科學家，卻已屈從政客的淫威。貫穿他一生的那根蠶絲，其實是特權而已。

二〇〇九年十二月三日於香港容氣軒

劍橋八百年

我的學生聖誕假期從劍橋返港，送了一張海報給陳先生，題曰「從非正規的歷史事件看劍橋八百年」(Cambridge 800: An Informal Panorama)。海報上共有十五幅插畫，概括了畫家眼中的劍橋史，或者說劍橋大學史，可能更清楚些。反正劍橋大學與劍橋小城是一而二，二而一的。這意外的禮物使病中的陳先生衷心歡喜。原來從一二〇九到二〇〇九，他的母校成立八百年了。我的母校雖然是美國最老的大學，也只有三百七十一年的歷史。

這畫家不是別人，而是鼎鼎大名的童書插畫家布萊克，不過不是十九世紀的威廉，而是現代的昆頓。為紀念劍橋建校八百年，畢業於唐寧學院的昆頓・布萊克 (Quentin Blake, 1932–) 把插畫捐給了大學，大學再將其製成了海報。

那麼，海報上布萊克的劍橋大學是以怎樣的連環圖來表示呢？先說第一幅。曰〈出逃的學者〉(Fleeing Scholars)。畫上是一群穿著教士袍的人物，有禿頭的，有戴著眼鏡的，但共同點是每個人都帶著很多書。不是抱著一落，就是背著一袋，還有用手推車的。這些書，有裝訂的，也有捲起的。正是描述一二〇九年因牛津暴亂，學校關閉，學院院長與學生匆忙逃至劍橋，一個古羅馬的交易站，如此標誌了劍橋之始。

第二幅是〈亨利八世與王家學院唱詩班〉(Henry VIII & King's Choir)，年代是一五四四，正是王家教堂建成的時間。教堂內繽紛的都德式裝飾以及彩繪玻璃大窗都是亨利八世留下的印記。我曾連續兩個暑假造訪劍橋，看見那美得令人驚詫的教堂，尤其是扇形的穹頂。只可惜教堂暑期也放假，沒有機會聽到唱詩班天使般的歌聲。

約翰迪(John Dee, 1527–1608/9)，一五四六年聖約翰學院的畢業生，是伊麗莎白一世朝中最具影響力的。據說他施魔法招來疾風驟雨，使英國得以擊敗西班牙的無敵艦隊。莎士比亞《暴風雨》戲中的主角就是以他為原型的。

我們比較熟悉的是一六一七年畢業於悉尼蘇塞克斯學院 (Sidney Sussex College) 的

克林威爾 (Oliver Cromwell, 1599–1658)，他曾為護國主。他的頭埋在學院的教堂地板底下，但只有學院院長才知道真正的地點。接著要談到的五個人中有兩位大詩人，三位大科學家。兩位大詩人是一六二五年進入基督學院、寫《失樂園》的密爾頓，以及一八〇五年來到劍橋，畢業於三一學院的拜倫。三位大科學家是一六八七年出版《數學原理》(*Principia Mathematica*) 的牛頓，發現電磁波理論的麥克士韋，還有一八五九年發表《物種原始》的達爾文。這些都是家喻戶曉的。

一七七六，美國獨立的那一年，聖約翰學院來了一位十七歲的少年，名叫威爾伯福斯 (William Wilberforce, 1759–1833)。他一生致力於廢奴，就在他死後一個月，英國國會通過了大英帝國廢除奴隸買賣與蓄奴的制度。他的畫像掛在聖約翰學院的大廳，麥大維教授驕傲地指著他對我說：「英國廢奴，因為他的緣故而比美國早了三、四十年。」美國要等到林肯在一八六五年南北戰爭結束後才廢奴。

我不認識的有兩幅，一是第九幅。上有兩個人：狄文頓 (Henry De Winton) 與斯倫 (John Charles Thring)。當時的足球還未被當成運動，每每激動地在打架中結束。是這兩位劍橋人在一八四八年制定了十條簡單的規則，為現代足球運動奠基。還有第十二幅，也是兩個人，惠特爾 (Frank Whittle, 1907–1996) 與蓋洛德 (Dorothy Garrod, 1892–1968)。惠特爾是彼得學院的工程學生，一九三六年畢業。只念了兩年，卻考第一。他發明了多種飛機，最著名的是世界上第一座噴射客機。而蓋洛德則是劍橋與牛津的第一位女性學者、女性教授。在女子獲承認為劍橋人或得以獲頒學位之前，她已在一九三九年選上了迪斯奈考古學講座。是史界，也是女界的拓荒者。我哈佛母校的本科要晚到上世紀的七十年代才收女生。想來真令人感慨。

第十四幅圖上有三個人，即是標題所指的富蘭克林、克里克與華生。他們在一九五三年發現了生命的祕密：DNA 的雙螺旋結構，開啟了遺傳學的研究之門。向來為人所忽略的女子富蘭克林也是劍橋人，終於在劍橋八百年的歷史中與她的顯微鏡一起入畫。

最後一幅，與其他插畫比起來大了兩倍。當年出逃的學者，經過八百年心智的錘練，教師老而彌堅，學生青春煥發，或手上拿著書徒步而行，或籃中裝著書騎在單車上往前駛去，越前面的人影越小，最後簡直像飛了起來，在紙的邊緣幻化成無數的小黑點，朝向令人期待的未來，逐夢。

二〇〇九年十二月三十一日於香港容氣軒

「看」與「知」

今年開春要教一門西洋藝術的課，我居然像小孩子似的興奮莫名。想起當年在奧立岡大學念藝術史，除了藝術批評、研究方法、中國藝術史之外，還修了兩個系列的課：一是西洋藝術通史，一是文藝復興藝術的斷代史。那段日子是我一生中最特別、最難忘的。

那還是用幻燈機打幻燈片的時代，所以記憶中我總是坐在黑暗的教室裡，兩眼緊盯著銀幕上的畫面。四年下來，不知看過幾千張幻燈片。每天總是迫不及待地、滿懷憧憬地去上課，而下課後那種豐美飽足的感覺，可以讓人高興一天一夜，以至於一世一生。

有一次，老師說要給大家驚喜而播放了一個短片，內容是翡冷翠大教堂。從不同的角度拍攝這座大教堂，在當代文藝復興音樂的襯托下，大堂、耳堂、小祈禱室、聖詠團座位、聖壇、圓頂，一一展現出來，更見結構壯美，細節精微。最後由下而上，在畫中窗外透進來的幾束天光下，聚焦於圓頂的內部，同時聽著虔敬莊嚴的歌聲，我心也靜了，神也寧了，不知怎麼竟然流下淚來。

我坐在桌前傻想：生也有涯，知也無涯，浩瀚的藝術滄海中，我取哪一票？是內容、題材、比喻、象徵？是形式、布局、線條、顏色？是空間的運用、材料的選擇、認知的改變？這些都對，但覺得不足，還有沒有更簡單的可提之綱、可挈之領呢？

我想起另外一位老師來。開學第一天上「藝術批評」，她說：「大家都怕上這類課，因為不知道怎麼批評。你們先別管批評，就直接告訴我喜歡不喜歡好了。」於是她打出一張日後才知是大家的夏加爾 (Marc Chagall, 1887–1985) 的一幅畫來。接著再問：「這張畫你們懂不懂呢？懂就說懂，不懂就說不懂。」

這兩個問題，「喜不喜歡」和「懂與不懂」一組合就有四種可能的答案，她於是點名問大家。可能我是班上唯一的中國人，她好奇，所以對我說：「我特別想知道你的答案。」我說：「我喜歡，但是不懂。」她緊接著問：「說說你為什麼喜歡？」這我怎麼知道呢？但還是一邊看著畫，一邊說：「在這幅畫中，不論是人，是物，都彷彿飄浮在空氣中，沒有重量，也互不相屬。而那藍藍紫紫的顏色更增加了神祕的氣氛，如在夢境。但我不知道他為什麼這樣畫。」老師高興地說：「你看，你已經在批評了。」批評，或許有些言重。但至少可以說，有所感，乃欣賞之始；而有所知，則是詮釋之始，使美感經驗一層一層逐漸往深裡去。

好像大夢初醒，我突然悟出：首先要講「看什麼」與「怎麼看」。比如，主題是聖母與聖嬰。它是圓拱頂端的馬賽克鑲嵌畫，是玫瑰花窗內的玻璃彩繪，是祭壇上以蛋黃混和顏料畫在木板上的蛋彩畫，是用胡桃油或亞麻籽油以加強色調與紋理的油畫？能把視覺經驗轉換成文字表達出來，也就是用口說出，或用筆寫出眼睛所看到的並不容易。很多時候，人自以為看見了，其實沒看見；更多時候，是看見了，卻說不出。那是不是等於沒看見？其次，要在不同文明的語境中探尋藝術的定義，追索藝術的究竟。比如，宗教信仰與政治權力的改變是否影響了藝術發展的方向，又是如何影響的？

那麼，從埃及的金字塔講起罷。以吉薩的金字塔為例，說明法老王的墳墓與人面獅身像與陵廟間的關係。再逐漸介紹希臘的列柱與羅馬的圓拱等等。而重點也逐漸由看建築，到看雕刻，再到看繪畫，以及三者之間整體依從的關係。同時從「知其當然」到「知其所以然」。

每一種藝術形式的出現，大致說來標誌了新的視野，無論是對空間，對歷史，對未來，對神明，對自然，還是對自己。而從一時代過渡到另一時代，從一地方轉移到另一地方，在藝術家與其作品之間，在觀者與被觀物之間，從單一觀點到鏡面意象到多重視角，在今日回看歷史的長河，那轉變可以說是石破天驚的。

藝術史大家岡布里奇 (E. H. Gombrich, 1909–2001) 的名著 *The Story of Art*《藝術的故事》，從一九五〇年第一版起就不停在改動中，或修訂，或擴大，或重新設計，一共出了十六版，真的做到了死而後已，見證了他對藝術的看法：即我們的歷史知識是不完整的。因為史實的發現會改變對過去的認識，所以藝術的故事無論怎麼說都是選擇性的，永遠不可能看到全貌。但至少可以說：從史前的洞穴壁畫到現代的實驗藝術，每一個作品都是源於過去而指向未來的。

二〇一〇年三月六日於香港容氣軒

The “American” Art

在波士頓住的時候，最喜歡去的地方就是美術館，也很自然地成為美術館的會員。既成會員，就更加常去了。

那時貝聿銘設計的西翼剛建好，陽光透過玻璃天花灑下來，滿地縱橫交錯的影子。牆邊一座觀音像，在明暗之間靜靜看著你。那慈眉、善目與微笑的嘴脣，簡直美極了，我就呆站在那裡看傻了。雨聲淅瀝的四月天，人家短籬間、大樹下，雪白、粉紅、淺紫的番紅花、風信子，與擎著金黃小酒盞的水仙一朵朵從地裡冒出來。美術館西翼也應時舉辦「藝術花開」(Art in Bloom)，在雕像或畫作旁，插出一盆盆的鮮花，有瀑布般垂吊而下的，有炮仗般橫斜而出的，只覺崇光泛彩，相得益彰。手倦抛書去尋春的時刻，你會想到春的蹤跡竟在美術館裡嗎？

西翼的剔透玲瓏與東翼的高華典雅互相襯托，同時形成完美的對比。現代的元素加在古舊的建築上，不但不突兀，反而化腐朽為神奇。舊有的館藏一般在東翼展出，專題特展主要在西翼的新畫廊。因為專題展所牽涉的物事太複雜，美術館多半輪展自己的館藏。在美國，除了波士頓美術館，我所知道的是只有紐約大都會博物館與芝加哥美術館會做專題。

波士頓美術館有一年展雷諾瓦，另外一年展莫奈，美術館精心設計展出的光線與空間，比如展覽廳重新隔間，把白牆油漆成奶黃與天藍，再添上一些裝飾性的門框，以呼應法國印象派的風格。至少美術館西翼不再只是以時間分、以地域分的掛畫、放置雕像、擺弄陶瓷器的地方，而是以此時此地的眼光，來檢視，甚至解釋彼時彼地的美感經驗。

還看過多次以美國藝術家為主題的特展。所謂美國藝術家，不可能不回到新英格蘭，不回到波士頓去。有一個展覽的主題叫「考普利在美國」(Copley in America)。波士頓市區最熱鬧的地方，在市立圖書館附近，不論是叫廣場（square 或 plaza），還是叫地方(place)，總之是Copley，當年《波士頓環球報》的專欄作家還曾拿這一堆路牌開過玩笑，因為他們名稱不同，所指卻同。既佔著波城最重要的位置，那考普利自然是當地的大人物了。不在美國，難道在別處？我覺得很奇怪。

但不看畫展就是不會知道考普利 (John Singleton Copley, 1738–1815) 是出生於波士頓的肖像畫家，在麻州人人皆知的一幅瑞維爾 (Paul Revere, 1735?–1818) 肖像原來出自他的手筆。瑞維爾可能是美國歷史上最有名的信使，當年從波士頓小鎮渡過查理斯河，再換馬車直驅萊克辛頓，向民兵道出英軍來襲的警訊，打響了獨立戰爭勝利的槍聲。畫中的他手持銀壺，旁邊隨意擺著些工具，顯示出他銀匠出身。瑞維爾的人隨考普利的畫而遐邇揚名，考普利的畫也隨瑞維爾的事跡傳世而永垂不朽。這幅畫是一七七〇年畫的，吊詭的是五年以後的一七七五年美國獨立前夕，他全家移居倫敦，成了英國畫家。換言之，生為美國人，死為英國鬼。或者應該換一個說法：他生為大不列顛殖民地的子民，死不願為美國人而回歸祖家。這可能更接近事實，但無論如何是我想不到的。

來香港後，每年暑假仍然回波士頓，最少住上一個月。有兩個特展很難忘：一是「美國人在巴黎」，展出留法的美國人在巴黎學畫時之所畫以及學成返國後的作品。美國畫家均在題材與風格上反映了法國藝術的影響，而回美後的作品則逐漸走出自己的路來。另外一個是霍珀 (Edward Hopper, 1882–1967) 的專題展。這是我印象裡頭一次看見美術館做專題展，而對象是我不相熟的美國畫家。兩個女子在中國餐館裡坐著聊天，看得到玻璃窗外巨大的招牌，上寫著：Chop Suey（雜碎）。不過是尋常所見，畫面竟傳出異樣的孤獨。

我最喜歡的一幅相信是紐約街景，題曰："Early Sunday Morning"（禮拜天的早晨）。店鋪全未開門，整條街空無一人，只有一個灰黑的消防栓，一條理髮鋪的三色柱。這也是尋常所見，但畫家筆下，或者應該說眼中的，磚紅與墨綠大色塊的對比，卻是亙古的寂寞。我從此喜歡上了霍珀。

美術館的日子已漸行漸遠，我的波士頓也只能在夢中相會。突然有一天，美術館來了電郵，開始在網上寄送館中的消息了，每個星期一次。就算不能親臨，看看通訊，也給我帶來極大的快樂。三月底的一期提到美術館又有一新翼，由建造赤鱲角機場的佛斯特設計，用來收藏"American"的寶貝。美術館自認其構思是新穎而大膽的。接著就是一鏈接，即時登入《紐約時報》博物館版的專題：The Melting Pot of the Americas, Illustrated。乍看之，是「美國鎔爐，描寫出來的」；再仔細看，“Americas”是多數，不單指美國，那指什麼呢？

《紐約時報》的文章開宗明義就說，波士頓美術館一向以其美國藝術的收藏名聞於世。這些精彩的名物與畫作，五十三個展廳的新翼開幕時，觀者會在新的語境中欣賞。新館的設立就時代與地域兩方面而言，均擴展了“American” art的定義，涵蓋了由北至南全部的美洲大陸，我才明白複數的“Americas”指的是北美洲、中美洲與南美洲，而非僅指美國。而時間則從古代一直跨越到二十世紀。你看得到瑪雅文化的展品，也看得到抽象表現派的代表人物帕洛克 (Jackson Pollock, 1912–1956) 的畫作。而新翼的名字“The Art of Americas Wing”看來應該譯為「美洲藝術館」而非「美國藝術館」。

在二十一世紀的今日，國家的界線雖在，觀察、審視人類活動的界限其實已經打破了。美術館新翼的主任在英國出生而後歸化美國。他說展出的藝術品，除了畫、裝飾藝術、攝影作品、紙藝外，連樂器也包括在內，用以「描寫」美洲大陸的風華，和「移民與遷徙」(Immigration and Migration) 的情況，這正反映出當代美洲的實情。

這位主任說：「我想要新翼表現『今日的美洲』，而非『白人的美洲』，故搜羅非洲裔、印地安與其他少數族裔藝術家的作品。」許多美術館，比如臺北的故宮博物院，不久前才開始尋求多樣性，而波城的館藏觀念已經由窄走向寬，聚焦於跨越了。

負責促使波士頓美術館的願景實現的人物是一位女士，從紐約大都會博物館請過來的。她說一九二四年大都會博物館的 "American" 館（美國館）開幕之時，正是美國限制外人移民最嚴厲的年代。美國館的建立，可以視為盎格魯美國人恐懼失去自己的文化遺產。而今波士頓美術館所反映的是另一種完全不同的看法：美國是一移民組成的國家，美國，以至美洲的藝術因此而顯出其卓爾不群。所謂美國人，從盎格魯的後裔到全球的移民，就文明演進上的意義而言，美國已行過萬水千山。

二〇一〇年四月十日於香港容氣軒

古地圖

好像還是在講翡冷翠與威尼斯的文藝復興，倏忽已到了十七世紀。場景從巍峨的大教堂轉到樸素的市政廳，畫家的題材與眼光也逐漸轉到日常生活上去，有肖像、有靜物、有風景。最偉大的是林布蘭特，但令我念念不忘的反而是專畫普通人的維梅爾（Jan Vermeer, 1632–75），雖然他是新教國家中的舊教徒。

比如〈倒牛奶的女傭〉，她專注的神情把瞬間化為永恆，〈戴珠耳環的女孩〉直望觀者，亦因同名電影的流行而廣為人知。另有一幅〈繪畫的藝術〉(The Art of Painting)，或謂〈繪畫藝術的寓意〉(The Allegory of the Art of Painting)，作於一六六〇年。在尋常的荷蘭居室中，有見慣的地板、吊燈、窗簾，但不尋常的是畫家走進了畫裡，我們看見他的背影與被畫少女的正面。但此畫家穿著十六世紀晚期的服裝，自然不是維梅爾自己。

而少女象徵的是歷史的繆思。最特別的是她背後牆上所掛的一幅地圖，畫中因此而有了與此時此地相異的時空。

有人研究過這地圖是荷蘭雕版印刷藝術家 Claes Jansz Visscher (1587–1652) 一六三六年的作品，是當時稱為低地國的尼德蘭全地。地圖的四條邊、四個角上是二十個城市的風光，中間的裂縫意指南北分界，北部是荷蘭，南部是法蘭德斯各省，即今日的比利時。畫室裡掛上這樣一張剛成事實的地圖，是高興荷蘭脫離奧地利哈布斯堡王朝的統治罷。

這張地圖很使我感到興趣。想起北從齊齊哈爾南來讀書的中大翻譯系同學，她的詩人朋友回美返港時送了我們一本有十四幅古地圖的二〇一〇年月曆，大部分是荷蘭人製作的。這本地圖月曆有一頁彷彿小序似的短文，說明現存最古的地圖在紀元前二千三百年左右出現於巴比倫王國的黏土板上。埃及人畫出了尼羅河谷，希臘人悟出了地球是圓的。而羅馬人在建立大帝國時更是細細勘察了自己的疆土。最有名的古地圖是托勒密八卷《地理學》(*Geographia*) 中代表當時所知世界的歐亞非三洲地圖。對歐洲人而言，如探險家麥哲倫與哥倫布帶起新航路的發現與新土地的探索形成地圖印製的黃金時代。

月曆中竟有一幅 Visscher 一六五二年印行的一六三九年版的世界地圖，比維梅爾畫中那一幅只晚了三年，但看得出相似的風格。在地圖的四條邊、四個角上畫出了十二位羅馬皇帝，包括凱撒、奧古斯都、尼祿等，以及象徵歐亞非美四大洲、六個城市的人物。而南北極所佔畫面比赤道附近還要來得大。

另有一位布魯 (Willem Blaeu, 1571–1638) 比 Visscher 晚一代，是荷蘭東印度公司的地圖繪製員。他一六五〇年印行的一六三五年版貿易圖，反映了公司所建立的貿易帝國已到達了當今印度、印尼、東南亞、澳洲北部，以及日本南部。左下角的盾徽指出這地圖是獻給荷屬東印度總督 Laurens Reael (1583–1637) 的，貿易航線則是由羅經方位線與向位圈標示出來。

此外，月曆中還有一幅一七一〇年版的一六七五年地圖，叫做《新而正確的新尼德蘭全圖》，當然是荷蘭人印製的。曼哈坦以渦卷飾邊的形式出現，宣布一六七三年荷人從英人手裡搶回英人稱為「新約克」（即紐約）的「新阿姆斯特丹」。

這些地圖展示了與我想像中不同的世界，我挑出來談的這幾幅都是十七世紀的，約略看出荷蘭與其他歐洲國家爭奪海上霸權的一些端倪。明朝亡後，鄭成功在鹿耳門上岸，趕走了據有臺灣的荷蘭人，今年臺南就要慶祝延平郡王開臺三百四十九年。而後來的英國東印度公司向西運到美洲的中國茶葉引起了波士頓殖民地的獨立戰爭，向東運去的孟加拉鴉片則徹底改變了中國的命運。

二〇一〇年四月三十日於香港容氣軒

遊與藝之外

——我看陳之藩

扉頁照片攝於香港中文大學新亞書院天人合一亭

我們都是看你的文章長大的

每次回臺灣，總是有很多人對陳先生說：「我們都是看你的文章長大的。」我說：「我也是。」

一

我出生在屏東，初中畢業以後，沒有留在屏東升學，而是去臺北上了一女中，住在延吉街聖方濟各修會辦的宿舍裡。每天放學要從一女中走過總統府廣場，到中山堂去搭往三張犁的公車。博愛路與衡陽路上總是那麼擠。我既無家可奔，不如在學校的圖書館看書做功課。到了七點圖書館關門以後我再走，隨便找一家麵攤吃碗炸醬麵，然後就到書店去看閒書，其實是看白書，香港人叫「打書釘」，大概是一站兩小時，好像釘在地上一樣。

書店的架子上是成排的叢書，一樣的尺寸，一律的橙色，有吳稚暉、陳西瀅、蔣百里等的著作。但另外當眼處有一本與這套書完全不同，大而扁，全綠的封面，中間一棵大樹，可是畫得很小，帶出了《在春風裡》的意思，我一看就喜歡。翻開書，第一篇是〈寂寞的畫廊〉，當看到了「每一個人，無例外的，在鈴聲中飄來，又在畫廊中飄去。」心於是抽緊了，再屏著氣往下看，是「永遠不朽的，只有風聲、水聲與無涯的寂寞而已。」眼淚就掉下來。作者陳之藩是誰呢？大概也是古人罷！一篇文章已定下了生命的基調。那時爸爸長期臥病在床，而媽媽剛動完了乳癌手術，還要照顧三個年幼的妹妹。〈寂寞的畫廊〉所渲染的一片荒涼，正切合十六歲的我之心境，可是痛苦之餘彷彿得到了一些慰藉。

於是，每天放學，就到這家書店去，一篇一篇地看。後半本全是胡適之先生死後陳先生所寫懷念的文字。一件件的小事烘托出胡先生的為人。我想起爸爸說過他念北大時的校長是蔣孟麟，文學院長是胡適之。胡先生演講時他去聽，教室裡坐滿了人，連窗臺、角落都是。爸爸說胡先生那天講得不算好，但有很多學生在講臺下大聲嚷嚷：「打倒胡適！打倒胡適！」胡先生小小的個子，從容不迫地搖著手說：「我不怕！我不怕！」那丰神是藹然可敬，又莊嚴可畏！而陳先生在七八篇悼文之後最末的幾句話是這樣寫的：

> 並不是我偏愛他，沒有人不愛春風的，沒有人在春風中不陶醉的。因為有春風，才有綠楊的搖曳；有春風，才有燕子的迴翔。有春風，大地才有詩；有春風，人生才有夢。
>
> 春風就這樣輕輕的來，又輕輕的去了。

這是音樂呢，還是悼辭？我迷茫而又仰慕。

之後，我又回去找陳先生的作品，看看還有沒有其他的，結果找到了《旅美小簡》，封面也設計成郵簡的樣子。我又開始了追看這本小書的日子，還是打書釘的看法。

二

《旅美小簡》的寫作時代，陳先生剛出國留學，西方教育的衝擊，激盪起他的心湖。

小簡的內容多是慷慨之悲歌，而文字卻是高華而清麗的。從題目上就看出來了：像〈鐘聲的召喚〉、〈泥土的芬芳〉、〈智者的旅棧〉、〈惆悵的夕陽〉等。我不知是在作文，還是在週記裡，曾抄過幾句。大學時讀了許多駢體文後，覺得陳先生的文風最近六朝小賦。比如他說：

沒有畫大觀園的萬紫千紅，沒有畫大觀園的釵光鬢影；沒有畫大觀園的溫柔富貴，沒有畫大觀園的倜儻風流。而卻把歌舞場的未來，寫成了衰草枯楊；把滿床笏的底蘊，繪成了空堂漏室。

又如：

夕陽黃昏，是令人感慨的；英雄末路，是千古同愁的。更何況日漸式微的，是我們自己的文藻；日趨衰竭的，是我們自己的歌聲；日就零落的，是我們自己濟世救人的仁術。我欲挽狂瀾於既倒，憤末世而悲歌，都是理有固然的事。

是不是讓人想起王粲的〈登樓賦〉，與庾信的〈哀江南賦〉？是不是有一種不絕如縷的傳承關係？是不是中國傳統的老幹所發出的新枝，最終開出了美麗的花朵？在我自己的水綠年華，已覺「人生如絮，飄零在此萬紫千紅的春天」。但在淒迷的意象中，又感到一種高遠之志。我也「要去尋求立命安心的『人師』，為輕舟激水的人生找一註腳，為西風落葉的時代找一歸宿」。結尾這對仗，好美。

也許是我自己正在叛逆的年齡，朝夕面對升學的壓力，纏綿病榻的父親，含辛茹苦的母親，看陳先生的文章成為一種儀式，可以淨化心靈；又因為陳先生鍊字造句，沒有模稜之詞，不作非分之語，每一下筆，皆有其自身的力量。

我終於攢下錢，買了這兩本小書。少年的感情真是激烈！自己對現實中不合理的現象反應甚大，簡直可以說是憤世嫉俗。我一邊看陳先生的散文，一邊把自己的激昂言辭與感觸寫在兩本小書的空白處。好像眉批，但也可以看作見了好詩，居然應和起來。

高三上學期上三民主義課，其實我蠻喜歡教三民主義的曹老師的，但那天還是忍不住拿出《旅美小簡》來，在桌子底下偷看，結果給老師抓到。他一句話都沒說，只是把書沒收了。我好擔心，不知老師會怎麼處罰。過了幾天，老師卻把書還了給我，且為我的一段高論續上了因原子筆沒水而沒有寫完的句子。

這兩本小書我看著喜歡，遂鄭重其事地簽上名，要送給念初中的大妹妹。但臨送時又捨不得，結果並沒有送。出國留學時要帶的書都先用海運寄美，只有這兩本小書我怕丟，就背在行囊裡直接帶去美國了。

三

在臺灣時家裡看《中央日報》，忽然發現了陳先生《劍河倒影》的文章，才知道陳之藩原來是正在英國劍橋的今人。茫茫世間，竟與此人同時，真是令人快樂，且思之安慰的事。後來託朋友買到了書，在異鄉也可以翻來覆去的看。這本集子陳先生記述了他在劍橋的種種思緒，我好像比以前更投入地隨著他的眼光看周遭的一切，又隨著他的思考琢磨所啟發的問題。我很高興自己在成長的過程中看了陳先生的書，那少年的氣焰，才沒有燃燒成野火；而那蓄勢待發的雷暴，才轉去追尋生命的意義。在〈王子的寂寞〉中看到中國的皇帝，在打電話時說的是：

來者可是楊小樓嗎？

想笑而不易笑，哭又哭不出來。沒有比這句子更悲涼的了。

我很愛〈明善呢，還是察理呢？〉裡面的兩個老頭兒：赫伯特與阿伯特。他們比許多史冊留名的英雄豪傑更讓人難忘。赫伯特願意把床改成兩層，把麵包分成兩半，把他自己的錢糧給予另一個窮人。陳先生如此描述：

站在草坪前，凝望著那一片綠煙，在想：幾百年來，不知有過多少劍橋人注視著這片草地在那察理，在那窮天；而赫伯特、阿伯特呢，卻是把草剪平、掃淨，並灑上自己一些謙遜的夢想。

陳先生這樣由側面描寫劍橋，帶來了與我所就讀的臺大完全不同的風景。世界上不必只有一種觀察的角度，一種解決問題的方法，而可以是梅雪爭春。看陳先生形容劍橋與牛津這兩所老大學：

不知是不是一個夢，我好像看到窗前桌上有兩隻古瓶，瓶口插滿了花。窗外是日夜在循環；晦明在交替；風雨在吹打。窗內只有這麼兩隻古瓶沉重的立在褐色的桌上；瓶口的花放著幽香。

這話令人鼓舞，是不是在價值觀如此混亂的時代，仍應有人堅持理想，執著公義，而為傳統稍作深思、略加辯護。而《劍河倒影》中所引的伏爾泰的話：「我不同意你，但拼命維護你說話的權利。」是這個社會所應重視的原則罷！

四

一九七八年十二月我從美國回臺北探親，在與大學同學餐敘時看到電視臺播報中美斷交的消息，大家都很不舒服。別後再聚的歡欣頓時被一團陰霾所籠罩，人變得茫然，氣氛也沉重起來。第二天早上打開報紙一看，〈他媽的共產主義〉，佔了一整版。這麼驚人的粗話出於文雅的陳先生之口，可能是覺得共產主義太不容忍別人。這樣長的篇幅與他平時行文的習慣也不相同，真是嚇了我一大跳。原來這個標題直接引自北京天安門的大字報。文章後來收在《一星如月》裡，題曰〈檮杌新評〉，是以孔子為榜樣作《春秋》之褒貶的。這是我第一次親身感覺到陳先生的存在，我們兩人都在臺北，在一驚心動魄的時刻。我也是第一次看到陳先生如此直接地聚焦於中國的共產主義，好像把他累積的憤怒一口氣噴出來，但文章還是一貫地條理清晰。他說：

共產主義已經破了產，大陸上的四個現代化，就是向資本主義投了降。不只是共產主義破了產，社會主義也在破產中。因為這些主義好像蘊藏著內在的崩潰因素，好像是根本不會穩定的系統。

這些話使我在臺灣「莊敬自強、處變不驚」的自我激勵中特別感到鼓舞。因為不捨得離開遭難的國家，開學了一個星期，我才遲遲回美。二十多年後的現在，前引的那幾句話，豈不是像預言，竟然實現了！

五

八十年代初期，我到了美國波士頓，首次從圖書館借到陳先生的《蔚藍的天》。這本集子內的文章，寫作時間反而是最早的，收的差不多是陳先生在編譯館做事那五年內的作品。他介紹那些英國浪漫詩人，有一種同情與悲憫，我則在譯詩中看到他的單純與天真。他譯的那些名詩，看看與他人所譯有多不同。

小書起於朗費羅的〈生命的頌歌〉：

不要向我再念那些悲愴的詩篇：
說生命是一空洞的夢幻，
說靈魂已沉睡垂死，
說世事如過眼雲煙。
……

結尾是近代詩人伍立曼的〈青春〉，又是悠揚如此：

青春不是人生的一段時光，
青春是心情的一種狀況。
青春不是柔美的膝，
朱紅的唇，
粉嫩的面龐。
青春是鮮明的情感，
豐富的想像，
向上的願望，
像泉水一樣的清冽與激揚。
……

他說所譯的詩，所寫的文章都是給中學生看的，卻給在陰溼冷滯的空氣中準備讀博士的我，帶來莫大的鼓勵。你看，他說：

朋友，船要啟纜，車已鳴笛了。越過目前這片風浪的海，邁過這座險峻的山，那面即是沐在化雨中的美麗的島嶼與醉在春風裡的繁榮的都城。再見罷！

我也有一輛車要上，有一艘艇要下，我的生命總不能還沒有開始就結束了，是罷！〈印度小夜曲〉，陳先生當時所譯雪萊的〈小夜曲〉，更是我的最愛，這首詩幾乎可以脫離原詩而獨立。因為太動人，只好引出全詩來：

我從夢見你的夢裡醒來
在一沁涼如水的晚上
地面拂過微風
天際閃著星光
我從夢見你的夢裡醒來

一個幽靈出現在我的腳旁
它領著我——如何領我，誰知道呢？
走近你屋前小窗

溫柔的風沉醉於
幽靜的溪邊
花木的芳香如夢裡的思緒
飄然遠逝像一縷輕煙
夜鶯未唱竟他哀怨的歌曲
即溺於悲傷的狂瀾
我未說完對你的愛慕
而死在你的胸前
我恍惚的倒在草地

如死，如癡，如狂
把我的愛慕化成雨珠
打在你的眼簾，你的唇上
我的雙頰蒼白而冰冷
我的心跳急劇而昂揚
再禁不住外來的風雨
這快坍塌的心房

陳先生真能譯詩，他譯得雖然不多，我卻首首都愛念，最好就是朗誦出來，聽自己的聲音在空氣裡迴盪。魂也顫了，魄也飛了。

六

有一年夏季，陳先生在麻省理工學院為中國同學會演講「談風格」，我去聽了。有兩段話我的印象特別深刻。第一是他引王國維一首詞中的三句：

覓句心肝終復在，
掩書涕淚苦無端，
可憐衣帶為誰寬！

陳先生也提到王國維論詞的三境界，其中之一是「衣帶漸寬終不悔」，但他接著說：「你得有了可喜之對象，才有不悔的可能。」王就是目睹這個世界失去了他賴以生存的價值，才自沉於昆明湖的。那年他才五十歲。

第二段話是舉畢卡索的繪畫為例，說明原創者藝術的風格。他說，平常的複製品、印刷品，因為少了創作的艱難，一般也表達不出原作的味道。但他在巴黎看過一家做掛毯的地方，十幾個人花十幾年工夫織一幅畢卡索的畫，因為加上了時間的因素，那掛毯顯出一種獨特的魅力，其風格與畢氏的原作不同，但同樣令人感動。只可惜陳先生最後發表的講辭裡漏了這段話。

這時候有朋友從臺灣寄來散文集版，那一篇序後來起了一個題，叫〈叩寂寞以求音〉的，是這樣作結的：

我們當然對不起錦繡的萬里河山，也對不起祖宗的千年魂魄；但我總覺得更對不起的是經千錘，歷百煉，有金石聲的中國文字。因此，我屢次荒唐的，可笑又可憫地，像唐吉訶德不甘心地提起他的矛，我不甘心地提起我的筆來。我想我在國外還在自我流放的唯一理由是這種不甘心。我想用自己的血肉痛苦地與寂寞的砂石相摩，蚌的夢想是一團圓潤的回映八荒的珠光。

啊！蚌的夢當年對我曾振聾發聵，於今逐漸演變為雷聲：我也要拿起我的筆來。

七

十年磨一劍，我在哈佛畢業了，修得了博士學位，來到香港中文大學教書。我努力寫，也努力譯。我也寫胡適之，不過加上與曹誠英的愛情。無意中在錢穆圖書館看到安徽黃山書社所出版的《胡適遺稿及秘藏書信》一大套，在第二十八冊中有吳健雄寫給胡適之的十一封信，知道她曾為胡、曹做過信使。當時心中一動，不知這一套書中有沒有陳先生寫給胡先生的信。結果在第三十五冊中找到十三封，都是影印的手稿。最早的一封大概是一九四七年八月以後，最後的一封大概是一九四八年底。有的寫在綠稿紙上，有的更寫在北洋大學的八行書上；有的非常長，有的則很短。這是比《蔚藍的天》更早的作品。後來我整理這些信件時，拿打字稿與原文互校，最少五次，也就是說細讀了五次。中年的我倒回去看我尚未出生以前上大學三、四年級的青年陳先生的信，是一種奇怪的經驗，好像把過去與未來都攪亂了。漸漸地我好像進入了他的時代，也是我爸媽的時代，我的生命所來自的時代。

我看到〈檮杌新評〉裡面對共產主義的看法，可以上溯到三十年前陳先生在大學的時候，這種連續性並不使人驚奇；使人驚奇的是在校園全面左傾之日，仍能做一個不受人惑的人。

我在燈下細讀，第四信他跟胡先生說起自己中學生的生活：

我每天放學回來，走進自己的寢室念書。

我那時每天的生活是很規律又很沉寂的，家中經常的聲音只有壁上的掛鐘。

我又忙於學校的數理習題，又要忙於古書的潛讀。春去了，秋來了；天氣陰了，晴了；許多同樣的日子我伏在書桌上傻讀。

我好像看見自己在一女中三年的生活，在萬般辛苦中力求上進的影子。我在二十一世紀的香港看見兩個不同時空的少男少女在鞭策自己，眼淚又不聽使喚地落下來。

第十信是陳先生搭船赴滬轉臺前幾小時寫給胡適的。他後來告訴我，北洋畢業時工作分配到湖南，但一有家眷的同學正是湖南人，要求跟他對調。他想自己兩肩扛一頭，哪裡都可以，就到高雄鹼業公司赴任了。

第十一信已是由高雄寄出的，陳先生最後說：

我工作正常，晚上用功加倍，沒有好的方針，只遵守著先生給我們的老實話，把自己盡量造成塊材料。

不能想像在這十多封信中所呈現出來的陳先生有如驚風急雨，挾以萬鈞雷霆。可是那誠懇與真摯也透過清秀的字跡一點點傳過來了。

二〇〇二年四月我們在拉斯維加斯結了婚。回到波士頓以後，跟我臺大中文系的學姐、哈佛燕京圖書館中文部的主任胡嘉陽聊天時，提起陳先生在北平出版的《周論》上所寫的一篇文章。

陳先生只記得《周論》是雷海宗所編，時間大約是一九四八年他到臺灣前不久。胡嘉陽說她可以幫忙找找看。怎麼知道哈佛燕京圖書館裡還有《周論》，只是期數不全，胡姐在殘存的《周論》中，一篇篇地尋覓陳先生的文章，也沒有找著。圖書館拿密西根大學的微縮膠卷比對，發現他們也有《周論》，但期數也不全。且我們有的他們沒有，他們有的我們沒有。互相彌補以後，還是不全，但胡姐居然找著了。題目是：〈世紀的苦悶與自我的徬徨——青年眼中的世界與自己〉。發表於民國三十七年六月十三日一卷廿三期的《周論》，正是北洋大學畢業之前寫的。陳先生那時是二十三歲。

是的，我們要披負枷鎖，飲下酒汁，手攜手地從夜裡出發，醒在黎明的眩光裡！

那已是新世界的曙色，新世紀的春天！

我在二十三歲時剛念研究所，也有志於學，寫了一篇〈紅樓夢中的丑角〉，後來也收錄到北京紅學的文獻裡，可是在陳先生面前仍覺得慚愧。

八

二〇〇三年沙士之疫在港橫行。最凶悍時，學校也停了課。平時熱鬧的校園，頓時沒有人了。我與陳先生每天戴著口罩，回辦公室工作。他主要是想，繼之以寫。而我則在電腦上幫他整理。瘟疫過後，他的《散步》就成形了。我真是激賞他所譯瓦科特的詩竟美到如此：

人間萬事，世間萬物，
並無所謂爆炸。
只有衰竭，只有頹塌。
像豔麗的容顏逐漸失去了光澤，
像海邊的泡沫快速的沒入細砂。
即使是愛情的眩目閃光，
也沒有雷聲與之俱下。
它的黯淡如潮濕了的岩石，
它的飄逝如沒有聲息的落花。
最後，所留下的是無窮的死寂，
如環繞在貝多芬耳邊的死寂：
天，是無邊際的聾，
地，是無盡期的啞。

瓦科特的詩自是名詩，這樣的翻譯也自是名譯了。

至於科學家費曼的老師惠勒所說那些科學歷史的話，在他的簡介中，倍見精彩。如惠勒一生思想變化的三階段譯為：

第一、一切是微粒。

第二、一切是場。

第三、一切是信息。

還有用兩句話來說廣義相對論：

空間作用於物質，告訴它如何運動；

物質作用於空間，告訴它如何彎曲。

陳的腦袋是怎麼長的呢？有時令人驚異到恐怖的地步。就是當代科學家的作品經他譯出時，竟有這麼晶瑩的漢字詞語，如此自然地流瀉，似山間的瀑布。水的內容是相同的，不同的是外在的形式，美得玲瓏。

我不可能不想起《時空之海》裡的一篇文章：〈三部自傳——哈代、溫納與戴森〉。他說三個人的自傳，分別代表了二十世紀前葉、中葉與末葉，突顯出三個不同時代的精神。哈代是純淨的數學家對數學所作的驕傲的自白，溫納是起於應用、終於應用。而戴森是科學要與價值掛鉤。我沒有資格評論這三位科學家的傳記，但為陳先生活潑的思考方式所震動。他真能深入之而淺出之，形式之美，更是逼人。

九

我差不多每天都從山上的辦公室走到陳先生的辦公室，再跟他一起回家。他平常關著門但不鎖，所以我總是敲兩下，然後自己打開門。他一看是我，不論手上拿著的是什麼書，都會談起他的問題或感想。比如：「你快來看這位錢基博，也就是錢鍾書的父親，是怎麼解釋語言的？」還有英文書，他說：「你看霍金從前的妻子珍，把一生都葬送了。真是慘！」我因為站在門口，跟他有一點距離，看見那孩子般憨傻的神情，只覺感動。

我想：什麼是自由呢？大概就是這種隨興表達的自由。什麼是幸福呢？大概是兩個獨立的人，互相瞭解的幸福。

陳先生真愛看書，什麼時候都是一卷在手。他看的很多，而寫的太少。我逐漸悟出來，其實他想的最多。所以看完一本書，他總有本事用一句話來總結，三句話就可能是三本書了。

再由《劍河倒影》中找一個例子，你請他總結開溫第士實驗室一百年間的貢獻，他這樣寫的：

如果說我們這個時代是通信時代，電波方程式是從開溫第士開始的；如果說這個時代是電子時代，電子學說是從開溫第士開始的；如果說我們這個時代是核子時代，核子分裂是從開溫第士開始的；大到天上的波霎現象，小到X射線下的結晶分析，細到細胞裡的遺傳號碼，都是從開溫第士開始的。

這樣的思想習慣顯然是一早養成的。他從書本裡汲取知識，轉成自己的識見。幾十年以後，我們看《看雲聽雨》裡面的每一篇文章，老練的文字帶出火候內斂而層次分明的學問，豪華落盡，艷麗奔放的七彩已合成白色的日光了。

我們家有一本書，叫做《世界偉大演講辭錄》(*The World's Great Speeches*)，收了二百九十二篇演講辭。陳先生近年特別關心法治的真義，想知道當年美國制憲的種種，所以常拿起那些開國元勛的講辭來念，甚至於背。那幾天學期剛結束，改完了全部的卷子，我們回到了臺北。他正在讀富蘭克林八十一歲時，在費城所開的制憲會議上向各州代表所講的話，希望大家拋棄偏見，在憲法上簽字。他看完了很激動，吵著說自己對十八世紀的英文沒有把握，非要我立時譯出來給他看不可。我累了一個學期想休息，何況他大可自己譯，也就吵著說我對十八世紀的英文也不太有把握，實在不想坐到桌前去。結果看著他的眼神，心中不忍，只好勉為其難地拿起筆來。他悄悄出去了。過一會兒又回來了，手上拿著在地下街星巴克買給我的咖啡。這一段講辭不久成為〈智慧與偏見〉的一部分。

陳先生寫完了這篇文章，香港版編輯催他為《在春風裡》的單行本補一篇序。這序欠了兩年了。他總是寫寫不寫寫的。一想起要寫，就沉浸在與胡先生的各種回憶裡，頭也歪了，眼也直了，坐著發呆。忽然寫了，白紙用了一疊又一疊，但就是不交卷，也不給我看。我沒有看過他寫文章那麼吃力過。胡先生逝世後，三十多年的歲月已飛逝而去。我問自己：他已經比胡先生當年的七十二歲還大了，我忍心逼他嗎？

終於，陳先生寫完了那篇序。我看著他一邊流淚，一邊寫的情況，我自己也心酸，忍不住陪他哭了。

二〇〇六年十二月三日於香港容氣軒

理還亂與悶無端
——陳之藩的信

陳之藩中學畢業時曾因幫補家計而去考郵務佐，也就是郵差。可是個子不夠高，沒有考上。他很羨慕那位考上的同學，所以到現在還記得他的名字，叫王世光。這件事陳先生跟我說過許多次。前些天他突然又接著說：

「我跟王世光說，將來我老了，要在東四北大街的郵局門口擺個攤兒。」

「幹嘛呢？」我問。

「替老媽子寫信。」

我哈哈大笑，眼淚卻不由自主地流了出來。鬢髮皆霜、口齒不清的陳先生在床頭昏黃的燈下向我訴說他的童年往事。回憶中的場景自是北京東城鼓樓附近的郵局，而所惦念的則是寫信這回事。

陳先生愛寫信，每到一個地方，先找郵局，後找郵筒與信箱。他記得各地信箱、郵筒的顏色、大小與形狀。我收到他寄的長信、短箋、航空郵簡、明信片、畫片與卡片，也收到他從各處寄來的一箱箱的書。我跟他旅行時，又曾陪他找郵局寄信給朋友。巴黎的黃色信箱，劍橋的各種肥瘦不一的紅色郵筒，可說是他的最愛。波士頓大學小郵局的職員最欣賞他寄的信。信封上中英文橫直並列，兩種字體都寫得齊整。如果信寫長了，頁數多了，郵票的選擇可能就繁複些，怎麼貼也有了講究。最後再加上"Air Mail"的小藍籤，才算是完成了一件小小的藝術品。

許多人都收到過陳先生的信。我自己最少有一、二百封。有從香港、從臺北、從臺南寄到美國的。後來，又有從臺北、從臺南、從美國寫到香港的。有他在巴黎街角的小咖啡館所寫，我在波城八月末已秋涼的風中收到的；有在同一座城中，就是剛見過面，或通過電話，仍然是一筆在手又寫起信來。「陳之藩」這個名字的定義就是"A man of letters"，既通文，又長於寫信。他說給我寫信就好像說話，話說出來了，才能安心看書、上課。在香港中文大學的校園裡，山下的他還是要透過校內郵件給山上的我寫信。電郵跟他絕對沒關係，寫到學校派給他的電子信箱裡他也不知道，知道了也不看。是真正愛寫信。可惜，二、三十年來的遷徙與移居，這些信都不在一處，無法按月依時整理存檔。尤其最近一年內就搬了五次辦公室，連在香港的信函也亂了次序。陳先生病後連說話都費勁，更不用說寫信了。替他整理舊信也只有拿上哪一疊信，就先整理哪一疊。

我想起從前譯愛因斯坦的情書時，第一次悟到書信之為斷簡殘編的性質，即使收藏齊全，也不能免於支離破碎。這裡所說的是真的信函，而非以書信體裁表達的文學作品。所以即便是當事人，也很難還原當時的語境。比如愛氏給米列娃的信，不論內容如何，米列娃可能還未來得及回信，二人已經見面，以說話代替寫信了。那斷了線的珠璣，可能永遠無法再串成項鍊。現在留下的愛氏信多，米氏信少，我不敢說米氏真的寫得少，因為愛氏可能沒有保存她的信件。陳先生一生漂泊慣了，為免麻煩，不留長物，我本來信寫得比他少得多，他不留，相信片紙無存。我自己撫弄他的舊信，都不能完全回到當初。有些如夢境般恍惚，一讀之下喚起無數新愁；有些則依稀有影，卻全然不復記憶，又不免悃然。可喜的是字裡行間映照出當日收信的悲欣，確實知道自己是一個有血有肉的人。人生客途，總算沒有白活。

寫信是一種非常私密的行為，我看到青春煥發的愛氏在信中所做的浪漫的渴求，驚覺到收發兩方之坦白無間。而我閱人私信直如窺伺，所以努力保持一個舞臺的距離，可與劇中人同聲同氣，又不需參與其中。現在多少是把自己的私信公開了，其為斷章則更加明顯。選擇適當的比例來呈現，已變成藝術上的挑戰。這是一個嶄新的經驗。

從書架上亂成好幾堆的卷宗裡，先抽出一封來，是寫在哈佛大學信箋的背面。五頁紙上有好幾個時間點，是陳先生某次從臺北到波士頓的第一天寫的。那一天是三月二十四日，但沒有年分。

第一頁他寫到在中正機場買了保險才上飛機，這是美東時間上午四時不到。他說：「保險是很文明的事，等於大家當時的互助；中國人討厭這些，是頭腦太守舊而已。」接著說：「開始寫此信時，還很難過；寫到半封途中，忽然覺得好了。」這是上午七時二十分。他睡了三個小時，其間咳嗽咳了有一小時，喝了兩次"Formula 44"的咳嗽藥水仍不見好，就索性起身給我寫起信來。對他來說，寫信還能治病。

重溫這封舊信，才髣髴想起他寫信時我在飛機上，正從香港飛往舊金山。他說我應該已經坐了五小時的飛機，東京是早已過了，可能換日線也已過了。再睡一下我就該到了。

在這裡他又回頭說到登機前一天晚上看《論語》，因而想起最喜歡聽我講書，尤其是講詩。如非流觀舊卷，我已記不起曾有過這樣的一段航程。陳先生在我西飛的旅途中，在信中談起詩來：

> 書到後，先摩挲一下精裝，然後念文天祥的詩，然後念吳梅村的詩，不拿自己當人的人所寫的詩，才是百分之百的詩。朱熹的詩不壞呀，幹嘛非講理不可。我們喜歡他的詩，是由於詩本身呢？還是由於他所說的理呢？文天祥的詩不壞呀，我們喜歡他的詩，是由於欽佩他的勇呢，還是喜歡他的詩呢？我們喜歡杜甫，也許是因為喜歡他的重；喜歡李白，也許是因為喜歡他的大；喜歡陶潛，可能因為更喜歡他的拙！
>
> 李商隱我們所以喜歡，可能更多的是相見時難的夢；杜牧我們有時很不喜歡，

並非詩句辭藻不佳，可能是因為他的薄，由折戟沉沙竟能扯到二喬。那麼重與那麼薄竟能放到二十八個字裡。「綠樹成陰子滿枝」，根本未將女孩當人。她是可以予取予求的？是可以拿出幾文錢去買的？所以說，ＸＸ是百分之百愛詩的人，才會以吳詩為博士論文。ＸＸ不愛 Ph. D 這個頭銜，不是為 Harvard 這個虛名，而是因為可以在哈佛，同時把時間放在詩上，也有人管給分數。ＸＸ呀，你只說你自己的歷史，如何在哈佛念起詩來。所以呀，孔夫子說「不學詩，無以言」，孔子不大管他兒子的，但偶爾碰見，第一要事就是學詩。

寫完了這一大段詩話，陳先生又記下他手錶上的時間，是三月二十四日早晨八時半，他想我距離舊金山只有三小時半了罷。信中所提的書，應該是指我的博士論文，剛由臺北的書林出版，書名是：*Two Journeys to the North: a Comparative Study of the Poetic Journals of Wen T'ien-hsiang and Wu Mei-ts'un*，中文書名則是：《文天祥與吳梅村：兩組北行詩的比較研究》。精裝的封面如古老的絲絹，在素雅的圖案中透出歲月的風華。這樣也就知道這封信是千禧年寫的了。XX是我的小名，但在這裡抄出來，有些不好意思，所以就用符號代替了。

說完這一大段，陳先生好像意猶未盡，又接著發表另外一大段詩話，但話題由中國詩人轉成兩位科學出身的外國詩人了。一是哥德，一是馬克士威爾；現在多譯為麥克士韋。哥德為了完成他的詩作而割捨了物理上的追求，麥氏卻是為了攀登物理的極峰而忽略了作詩，所以作品不多。

我無法想像陳先生大清早起身，什麼都不幹，先坐在桌前繼續寫半夜未竟的那封信，說起麥克士韋的詩，又想起兩位科學家來。一是楊振寧，一是孔金甌。他說楊認為麥克士韋的詩是打油。這個說法是科學家撈過界對詩所說的外行話，陳先生不以為然。「他連索弗克里斯這位（以詩寫戲的）劇作家，都不承認是詩人，更不必說業餘寫詩的麥克士韋了。」這話有一段公案：楊振寧只承認索弗克里斯是劇作家，因為他以為《伊底帕斯》是戲，不是詩。

孔金甌則不同。他說「麥克士韋方程式美得像首詩」，這不只是修辭上的比喻，就連字面上也「有幾分把麥氏當詩人了」。之後，陳先生不知是否寫得太高興，就在此處改換了人稱，把「你」變成了「我」。信上看得出這轉變的痕跡：

> 這一點，他自己也不敢說，~~但當你一研究，~~這是因為孔教授沒有研究過麥克士韋的詩。這正如我沒有研究過麥克士韋的方程式，而卻研究過麥克士韋的詩。孔與我都有各自發言的權利。

「但當你一研究」的「你」本來是童元方，「我」自然是陳之藩。他把這一句劃掉的當兒，「我」就變成了童元方，不再是陳之藩了。我發現只要我不在現場與他對話，他寫信給我，有時會以想像中的對話來自娛，或者說在跟我玩。這種特殊的對話方式，可從原信中舉一例來說明：

> 孔教授所說的「麥克士韋方程式美得像首詩」，楊教授所說的「麥克士韋的對稱之美」，我都無法搭腔或回問，因為我不懂麥克士韋，於是我請問一位

電機工程學者，他懂，也用麥克士韋方程，而他自己又作詩。這位工程師陳教授說：孔金甌及楊振寧所說的麥克士韋，並不是麥克士韋手上寫下來的；孔及楊所說的，都是麥克士韋方程一個特別形式——即海威賽德—赫茲的形式。麥克士韋原作是十幾個普通的方程式，海威賽德—赫茲的形式卻只有四個。MIT從前的朱教授蘭成想把四個歸併成兩個，這個兩個方程的形式，孔教授並不贊成，但他也從不與朱辯論。因為中國的傳統，誰年紀大誰有理；誰嗓門高誰有理。孔雖不喜歡二式，但並沒有到「吾愛吾師，吾尤愛真理」的階段，朱死後，誰也不提二式的朱形式了。

孔把麥克士韋方程式像對詩一樣的讚歎，是因為麥氏方程每次開講都給他帶來驚喜；而楊振寧說麥式方程之美，美在對稱上，用麥克士韋方程的十幾個原式，是不易看出對稱之所在的，而楊陶醉在麥式方程對稱之美，由我們普通人看來，是非經由海赫形式不可，當然麥克士韋本人可能一看即可看出對稱來。

這段話裡的「我」是指童元方，而電機工程學者的陳教授才是陳之藩，他用我的身分來看他自己，是從「我」變成了「他」。這裡的陳先生是活潑而調皮的，一封信倒成了一臺戲了，有一種說不出的性感，我想只能用「有甚於畫眉者」來解釋。

信中他說自己作詩，是把寫文章當作詩。《伊底帕斯》既是戲，也是詩。〈失根的蘭花〉是散文，但朗誦起來誰說不是詩？孔金甌是麻省理工學院的教授，麥克士韋方程專家，一九八九年創辦了國際電磁學研究會議。我們來香港後，差不多年年回波士頓。回去一定約孔金甌飯敘。二〇〇八年，孔在波城猝然離世。最近陳先生提起他，還忍不住跟我說：「我很想他。」

陳先生例子中的海威賽德(Oliver Heaviside, 1850–1925)，我看過他的傳記。也是劍橋的怪人，每天窩在家裡做研究，連大門都不出。水、電、煤氣的付費放在信封裡由郵差去幫他交，看了都心酸。這些怪書都是陳先生拿來給我看的，二人歌哭無端，但不至於像海威賽德似的不理世事。陳先生欣賞海威賽德，而他自己對海氏的麥克士韋方程之美的詮釋，本身就是一篇精闢的小論文。

信末陳先生最後報時，是差一刻十點，他又想我還有兩小時即到舊金山了。這封信倒不用郵差送，而是陳先生親手拿給我的，補回見不到面，又打不成電話，在天空中失去的那一日的起居行事。

寫完信，陳先生一如平時出門散步吃早餐去了。

隨手再拿出一信，是一九九八年八月二十一日的。為什麼一九九八年的與兩千年的放在一堆，可能就是短期間搬了太多次辦公室而搞亂的。看信的日期與內容應該是在該年暑假快結束時從波士頓寫到香港的。他說早晨醒來後時間尚早，不想起床，順手拿起《一樣花開》來讀。常有人問，陳先生看不看我的作品，這封信可以提供部分的答案。

看了兩三篇，覺得真是好。如果用一個大的形容詞，就是「不苟且」，沒有一篇文章，沒有一行字，甚至沒有一個字，是馬馬虎虎，不精神專注而能寫出的。我想起你那聚精會神的樣子，是小孩子做大人狀的樣子，而出這麼大人們也寫不出的文章。

陳先生向來不作花言與巧語，只是就我的創作態度立論，但我還是覺得很難為情。我努力淬鍊自己，不論是做事，還是作文。怕辜負了知我者。

此外，還有些問題涉及實際文章的編排的。他說：

在編目錄上，次序也許當時未弄好，首篇只是個abstract，而且時代過老，不宜作首篇。也許拿袁枚、曹雪芹當首篇，比較輕鬆，容易「近」讀者程度，也容易「進」入情況，你略考慮一下，有機會時，改一下。

《一樣花開》是我的第一本散文集，一九九六年初夏出版。前一年秋天，臨離波士頓赴香港中文大學就任教職，陳先生把我的文章放在地毯上檢視，他說：「你可以出第一本散文集了。」「真的嗎？真的嗎？」我完全沒有想到那麼多年的掙扎之後，終有一朵小花要開了。他信中所說的首篇是〈兩組北行的詩——文天祥與吳梅村〉，而第二篇是〈蕭條異代卻同時——曹雪芹與袁枚〉。首篇可以視作我博士論文的摘要，現在看，仍覺得它應該放在首篇。而且書出了就定了型，有了自己的生命，很難再改。倒是另有一篇寫張愛玲的《秧歌》，是大學時代的作品，可能是講《秧歌》最早的一篇論文。自己覺得寫得還可以，打算收在書裡。赴港之前，手稿逕寄臺北的爾雅，算是為自己的十年寒窗留一個紀念。但在校對大樣時，陳先生來了信，他認為論文雖寫得不差，但與其他文章相比，中間隔著一、二十年的歲月，風格不盡相同，叫我拿掉不要。我很是不捨。想了好久，終究為了藝術的緣故，還是拿掉了。看著那排得整整齊齊的六十頁，如今想起仍覺心痛。寫著這一件事時，我問陳先生，拿掉那篇文章到底有沒有錯。他答得斬釘截鐵：「沒有錯。」我不敢議論自己的文章，可以說的唯有「不放過自己的認真」與「陳先生把關的嚴格，甚至到了嚴厲的地步」。然而我的書出版比他自己的書出版還要讓他高興。

最後還有一個字眼，陳先生再三斟酌：

> 在序中的「誌謝」，好像應為「致謝」。「誌」字與「謝」字相連，並沒有什麼不順眼，但「誌」好像是書面上、文字上的標誌，而非禮儀上的致謝，可是「誌謝」寫在那裡並不好看，也許改用別的辭，有空時想一下。總之，「誌」字在念到那裡時，比較打眼，所以我停住看了一下。

從這個例子可以看出陳先生對文字的敏感與尊重。好像福樓拜似的，想說的話一定有一個最佳的表達方式，推敲琢磨的過程給他帶來了極大的快樂。除了字義，陳先生對字形也很在意。一來是愛中國字平衡方正的特點，再來是愛法書字帖中運筆所造成的空間藝術，同樣字義，或同字異形，會因為字形好看而選擇用那個字。比如，他不嫌「罷」筆劃多，而總是寫「罷」，卻從不寫「吧」，因為「吧」長得不好看。再舉一例。他「讚嘆」都寫成「讚歎」，因為「歎」字好看。

又抽出一封信來，是一九九八年五月九日寫的，倒比剛才那一封還早了三個半月。信一開頭就說他剛回到臺北，八時即睡了，醒來是半夜三點半，起身看〈鐵達尼號的真故事〉。我已不能回溯他是從哪裡回到臺北的，好像也是從波城。但看陳先生幾封信，已經知道他幾乎是一睡醒就拿本書或拿篇文章來看。而這次這個真故事是登在《聯合報》上的。

凡是他們動過手的地方，比如加小標題，就覺得有些多餘。當廚師要饞才可以，當作者，也得饞於美才可以，如果不知什麼是美或不美，就會多加一把鹽，把菜弄成難吃。小標題就是如此，當作未看見，就好了。

其實，此文材料甚多，但不覺得材料多。就是運用得自然，又有兩三點地方，加入了「哥」，實在非常有味——有人味，於是全篇就活躍起來了。

到了你替那母親設想，那一段話，就是最高峰。永遠無法癒合的傷，永在淌血。對照著正在大考，滿坑滿谷的學子在讀書，這個鮮明的圖像就越加鮮明了。最後才是冰雪的世界來點綴大千，大千裡浮出這個圖書館來。

真好，真好，越看越好。

這應該是〈鐵達尼號上的真故事——韋德納圖書館與哈佛大學〉一文的《聯合報》版。文中的小標題可能是編輯為讀者方便而加的。以陳先生對美的執著，這些小標題本身未見其善，徒然干擾了文章的行止。

所謂「哥」出現了三次，第一次在開頭處，說起我和「哥」到波士頓去看鐵達尼的電影，再一起回哈佛去看鐵達尼的真故事。第二處是哈佛的學生在圖書館的地道裡走來走去，「哥」因而笑我們日日在黃泉相見。第三處，也是文章的結尾：「哥哥牽起我的手，一同踏向粉粧玉琢的琉璃世界。冰涼的呼吸裡，哥手上的溫暖逐漸傳來。」陳先生喜歡，是因為此中有人。而用「粉粧玉琢」來形容雪景，陳先生在文章之外，對著這四個字瞧了半天，說：「中國字多美啊！兩個米字旁，兩個玉字旁，不止賞心，而且悅目。」

我很怕陳先生看我的文章，如果所寫與他有關，我想著都覺害羞。如果要看，不要在我面前看；有感想，也不要告訴我。說我好，我不敢相信；說我不好，那怎麼辦呢？

還好是讀信。再隨意一翻，信的時間更靠前了，是上世紀九七年的六月十日。信中從「人生如戲」說到「夢如人生」，再說到張岱、徐渭的性靈文章：

胡適之的白話文，由周作人轉成了人的文學，再由林語堂故意發揮出版張岱等的散文。我從來沒有看過張岱，昨天偶一翻閱，不得了，那根本不是白話文呀，不僅是古文，而且是文言也。

接著他抄一段張岱的文字：

> 昔有西陵腳夫，為人擔酒，失足破其甕，念無以償，癡坐佇想曰：「得是夢便好！」一寒士鄉試中式，方赴鹿鳴宴，恍然猶意未真，自嚙其臂曰：「莫是夢否？」一夢耳，惟恐其非夢，又惟恐其是夢，其為癡人則一也。

又繼續說：

> 這是把夢翻來覆去的利用，有時正用，有時反用。……念張岱文時，有以上感想，是昨天的。今天卻覺得：這哪裡是胡適所倡的白話文？明明是文言文的自然演變。而周作人、林語堂所主張者並與文體無干，是在說明出自性靈的內容，忽然殺入白話文運動中，似乎與當時主流不相干，大家不讀書而已。

說完了張岱，接著說徐渭。陳先生引袁宏道為徐文長所作的傳，其開頭：

余少時過里肆中，見北雜劇有《四聲猿》，意氣豪達，與近時書生所演傳奇絕異，題曰《天池生》，疑為元人作。後適越，見人家單幅上有署田水月者，強心鐵骨與夫一種磊塊不平之氣，字畫之上，宛宛可見。意甚駭之，而不知田水月為何人。

其結尾：

文長眼空千古，獨立一時，當時所謂達官貴人，騷士墨客，文長皆叱而奴之，恥不與交，故其名不出於越，悲夫。

陳先生娓娓道來，話題又轉回我身上：

你看袁宏道之傳記起法，不是很像《一樣花開》的序及好幾篇文章的起法嗎？即：平鋪直敘作者的身邊事，逐漸帶入寫湖，然後再返回來說明文長為山陰秀才。所謂性靈，大概就是性靈派的文章特色之一。

他的「謬獎」與「過譽」，我受寵若驚，也擔當不起。但視其言為深沉的期許。對於傳承中國文化，他說自己「老矣猶不甘心」，意思是我怎麼可以偷懶呢？他在迫切中顯出焦慮，我責無旁貸，只能全力以赴。

陳先生尊敬胡適之，喜歡胡適之。這麼些年來，時常想起他。我問他想胡先生什麼？他說，每件事都想知道胡先生的看法。雖然陳先生與胡適之的觀點多有不同，更不同意他寫的半部《白話文學史》。陳先生認為文學應由其自然演變，絕不可以運動的方式來強加執行，剝奪了文學、文化、文明發展上的其他可能。為了湊合著突出白話文學這一概念，胡適之貶抑七律，尤其是杜甫的〈秋興〉。就算尊崇白話文學，也不應該否定〈秋興〉的藝術價值罷。何況文言與白話，自古即為兩個傳統，各有傳承，朝代遞嬗間或此消而彼長，終未曾滅絕。但對胡適之的人格魅力，陳先生既孺慕又欣賞。所以他對胡先生的感情生活特別關注。逯耀東寫〈胡適身在此山中〉那幾天的《中央日報》副刊，他都從臺北寄給在香港的我。剪報上的批語總結起來，一是「名人不自由」，另一就是胡先生「實在太可憐了」。他誇逯的文章寫得精彩，說要寫一篇書後，可惜最後沒有時間寫出來。倒是我受不了與他聊天時那種感情上的衝擊，寫了一篇〈胡適與曹誠英間的傳書與信使〉，固然是為胡先生的生平添一腳註，其實更是為了安慰陳先生而寫。他只要想到胡先生曾經有過的煙霞洞看山看月的神仙日子，為時雖短，也覺得好過一些。

在另一信中他說看到周質平所寫〈韋蓮司及胡適〉一文，「感覺真慘」。他說：

一九三八這一年，胡先生才四十六歲呀，真正是風華正茂，最能幹的時候，而竟成奄奄一息。

這說的是一九三八年三月十八日之前的幾天，胡適患著感冒，又有心臟病，兜兜轉轉繞著彎子從芝加哥到紐約去看韋蓮司，而如此重聚，最後只是一腔惆悵。陳先生在信上說：「唉，你看慘到什麼程度罷！」大概太感同身受了，太替胡適之難過了，陳先生回顧自身竟說出這樣的話來：

我們彼此都是彼此的救命恩人，重生是顯然的事實。付什麼代價，比得過重生呢？

流水高山，季子掛劍，又何以報知己？

有一次陳先生看《牡丹亭傳奇》，從臺北發來一信，說他看到一句「剪不斷，理還亂，悶無端」，就好想我。說我應該寫一本書，分三輯，輯一叫「剪不斷」，輯二叫「理還亂」，輯三叫「悶無端」。我記得自己收信時大樂，心想你不是開玩笑罷？這三輯怎麼分呢？但就大大佩服湯顯祖，在李後主的名句之後，居然可以再翻上一層，寫出春女之怨來。而今翻閱舊簡，其次序之亂無頭緒，既整理無由，徒招惹遊絲，其間的起承轉合，參差迢遞之處，更難為外人道也。歲月如流，風雲似海，信中情事百轉千迴，終將化為眉間心上的一點淚痕。山也靜，水也靜，萬籟俱寂。

二〇一〇年十一月三日於香港容氣軒

為成功大學陳之藩國際學術研討會而作

【010】

在我們的時代

周志文 著

●行政院新聞局中小學生課外優良讀物推介

本書收錄作者兩年間發表的時事短評，討論的對象雖有不同，但皆表現出一位人文學者對現世的關懷，以及對未來猶不死滅的希望。作者希望，藉由對這瞬息萬變的世界保持適切的距離觀察、反省及批判，讓我們得以見到更深刻的事實和理念。

【061】

文化啟示錄

南方朔 著

文化評論涵蓋各個層面，除了有歷史及思想的縱深，還必須有既本土又世界性的眼光。文化評論者南方朔所提供的就是這樣的視野。藉由對文化問題鍥而不捨的追索，讀者當能對文化與現實之間的落差，有一深切的反省。

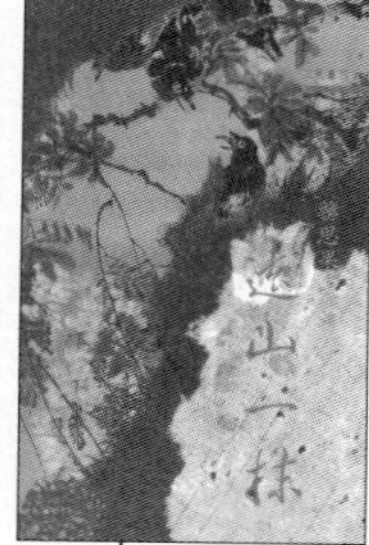

【079】

遠山一抹

思　果 著

本書作者為著名散文家、翻譯家，研究中西文學超過半個世紀，著述、翻譯宏富。本書為其有關文藝批評、中英文學、語文、寫作研究的精心之作，涉及廣泛，探究深微，對散文的分析尤有獨到之處。

【084】

文學札記

黃國彬 著

本書放眼不同的時空，將詩、小說、文學評論都納入探討範圍，反覆論辯，暢談當前文學批評的隱憂、詩人的社會責任、文學的將來、華文文學的前途、詩人與政治的關係等問題。

【253】

與書同在　韓　秀　著

●中央副刊、聯合報讀書人、國語日報星期天書房推薦

臺灣一年有超過三萬本書籍面世，面對書山書海，你是否有不知如何選書的困擾？書海無涯，作者以「職業讀者」的誠懇，將有趣、有益之書精挑細選，細細描摹書籍所激發出的萬千思緒，以及那絢麗的人文風景。

【267】

生命的學問　牟宗三　著

牟宗三先生學貫中西，融會佛儒，是享譽近代的哲學大家。本書彙集了他在期刊學報發表的若干文章，內容或為哲學專題的探討、人生問題的思索；或為生活心情的記實、前塵往事的追憶，是一窺當代哲學大師心靈世界最好的途徑。

【269】

青年與學問　唐君毅　著

本書輯錄了唐君毅先生關於青年讀書治學及為人處世的一些短文，風格清新雋永，文字淺易近人，讀者可以將其視為砥礪自身學行的人生小品。或許時代變了，青年也不同了，但謀求學問之道卻是千古如一：惟一「勤」字耳！

【299】

讀書與生活　琦　君　著

本書將讓你認識不一樣的琦君！在「讀書」中，她以中國文學科班的身分帶你感受文學世界中的細膩情感；在「生活」中，她則成為關心家事國事天下事的女子。你想更了解琦君嗎？且隨著她一起讀書，一起生活；一起明善心，一起見真情。

【文學 002】

極限情況

鄭寶娟 著

揮別抒情時代，生命的戲謔、無奈，令人啞然失笑或不見容於世俗的故事，鄭寶娟一一挑戰。無論是惡疾、死亡、謀殺、背叛，涉獵的主題或重大或繁瑣，思想視域總是逸出主流意識形態，提供對人生瑣事和尋常生活圖景的全新審視角度。

【文學 007】

荒　言

吳鈞堯 著

●中國時報開卷周報書評推薦

作者將凝放在時空裡的過去，收拾成一篇篇記錄自我生命軌跡的「隻字荒言」，面對著一切的終將消逝，「我們何其淺薄，又何其多情」。唯有在對逝去歲月的眷戀凝視中，才能把告別的哀傷，化為一股持續奮起的力量。

【文學 009】

描　紅

蘇偉貞 著

被評論家和媒體稱為「張派傳人」的蘇偉貞，從《孤島張愛玲》到《描紅》，一步步深入張愛玲的心靈和創作世界，再由此剖析張愛玲自人生經歷到作品風格，與臺灣作家間的關係，為讀者完整繪製出「臺灣張派作家譜系」。

【文學 013】

文字結巢

陳義芝 著

很少有人能將文學源流、創作方法，娓娓清晰地表達，展露一個老文學青年最深情的眼光。很少有人願意用淺顯的文字、自己親歷的指標性情境，指引年輕一代如何閱讀文學。本書就是這樣一本具有視野與深情的書！

【文學 017】

無人的遊樂園　　黃雅歆　著

本書所收錄的篇章，雖然大部分與旅地／旅途相關，但並非是一本以旅行為主題的書。其中許多和記憶／地域／人事瞬間錯身，所引發的種種火花，在心中留下無可取代的印記，正是歡樂與沉默交錯的、無人的遊樂園。

【文學 019】

尋找長安　　張　錯　著

作者從長安出發，踏遍大江南北的名城古都、殷墟墓室、石窟雕繪、名山古寺，展開一系列古典雅緻的找尋。文中透過實景實物的描述，不但延伸了閱讀的空間感，更使沉默無語的古蹟器物，流露出比人間言語更純真樸實的精神內涵。

【生活 003】

不丹　樂國樂國　　梁丹丰　文・圖

本書作者一直盼望能到不丹旅行，在畫旅八十餘國後，她終於踏上這片嚮往已久的樂土。對於不丹的人物風情、山川景致，作者以其一貫的細膩筆調做了詳實敏銳的觀察與深刻感性的描述，與讀者分享她在不丹的旅程中盈滿的藝術情感和內心悸動。

國家圖書館出版品預行編目資料

遊與藝：東西南北總天涯／童元方著.－－初版一刷.
－－臺北市: 三民, 2011
面;　公分.－－(世紀文庫: 文學027)

ISBN 978-957-14-5442-9　(平裝)

855　　100000978

© 遊與藝
——東西南北總天涯

著作人	童元方
總策劃	林黛嫚
責任編輯	莊婷婷
美術設計	李唯綸
發行人	劉振強
發行所	三民書局股份有限公司
	地址　臺北市復興北路386號
	電話　(02)25006600
	郵撥帳號　0009998-5
門市部	(復北店) 臺北市復興北路386號
	(重南店) 臺北市重慶南路一段61號
出版日期	初版一刷　2011年2月
編號	S 857730

行政院新聞局登記證局版臺業字第〇二〇〇號

ISBN 978-957-14-5442-9　(平裝)

http://www.sanmin.com.tw　三民網路書店

※本書如有缺頁、破損或裝訂錯誤，請寄回本公司更換。